「じゃあ、ヘレンおばあちゃん、今まで色々とありがとう」
「なんのことはない。お前が努力した結果だよ」
十七歳のリリカは革張りのトランクを手に、家の中でおばあちゃんに挨拶をした。瑠璃色の大きな瞳はこれから働く新しい環境への期待に輝いている。

ウィルジア・ルクレール
アシュベル王国の第四王子。
兄三人に比べて能力が劣っており、十五歳の時に
王位継承権を放棄させられて公爵位に落ち、
王都外の森の中にある屋敷で暮らしている。
リリカ
五歳の時に両親を亡くし、近所に住む昔王宮で
王妃様の専属侍女をしていたヘレンという
おばあちゃんに引き取られる。
以来、一人で生きていけるようにと
使用人としての仕事を教わり、
なんでもこなせる万能メイドになった。

エレーヌ・アシュベル
アシュベル王国の王妃で
ウィルジアの母。
コレット・フィッツロイ
貧乏な男爵家の末っ子。
王宮で王妃様付きの侍女をしている。
ジェラール・フィッツロイ
コレットの兄。
歴史編纂家であり、ウィルジアの
同僚にして唯一の友人。
ヘレン
かつて王宮で王妃様専属侍女をしていた。
両親を亡くしたリリカを引き取り
一人前の使用人に育て上げた。

リリカはにっこり笑って
小首を傾げた。
「私は、素敵なご主人様に
お仕えできて幸せです」
可愛い。なんていい子なんだ。
やばい動悸がしてきた。

万能メイドと
公爵様の
楽しい日々
Fun Days with the
Versatile Maid and the Duke
佐倉涼
Illustrator ウラシマ

CONTENTS

イラスト：ウラシマ
デザイン：苅籠由佳（KOMEWORKS）

【第1章】 楽しいお屋敷《やしき》生活

1 リリカとおばあちゃん

「泣くんじゃないよ、リリカ」

そう言ってまだ小さいリリカの手を取ってくれたのは、近所に住む顔見知りのおばあちゃんだった。

五歳になった年、リリカの両親が死んだ。

突然すぎるお別れに頭がついていかなくて、お墓の前でただただ泣いていた。

そうしていたら、おばあちゃんが手を取ってくれた。

「泣くんじゃないよ、リリカ」

背中をさすりながら、また言った。

「あのねぇ、リリカ。この世は理不尽だらけだよ。いつ何が起こるかわからない。だから自分の足でしゃんと立って、自分の力で生きていかなけりゃならないんだ。メソメソするのはおよし」

「だって……うぅっ。これからどうすればいいのか、わからない」

ボロボロ涙をこぼしながらしゃくりあげるリリカの背中を、おばあちゃんは優しくさすり続ける。

「安心おし。おばあちゃんがお前を育ててあげよう。何、孫ができたと思えば訳はないさ。おばあちゃんはこう見えて、昔は王宮に勤めてたんだよ。掃除洗濯料理。それらができればひとまずは、お貴族様の屋敷に召し上げられて働くことができるよ。安心おし。おばあちゃんがお前を立派に育ててあげるから」

「うん……うんっ」

「さあ、泣くのはおよし。行くよ」

おばあちゃんは優しく手を引いて、リリカを連れて家まで帰った。

そこからはおばあちゃんとの二人暮らしが始まった。今までの暮らしとはまるで違う生活が待っていた。

「さあリリカ、朝だよ、おはよう」

「……まだ暗いよ……」

「使用人っていうのはね、暗いうちから起きて働かにゃならないんだ。さあ、起きた起きた。顔を洗っておいで」

朝というより真夜中ではないかと思われる時間に外に出ると、真っ暗な中、ヒヤリとした空気が頬を刺す。冬の冷たい井戸水で顔を洗うとたちまちのうちに目が覚めた。

「顔を洗ったかい。そうしたら暖炉に薪《まき》をくべるよ。ご主人様が目が覚めた時、暖かで快適な部屋にしておかなけりゃならないからね」

おばあちゃんと暖炉に薪をいれる。薪は結構重いし大きいしで、五歳のリリカが運ぶのは大変だった。苦労して運び入れた薪に火をつけてぼうぼうと燃やすと、部屋は柔らかな光に包まれ、居心地のいい暖かさに満たされる。

「さ、次は、家中の燭台《しょくだい》に火を灯《とも》すよ。部屋が暗いと気分が落ち込むからね」

薄暗い家の中の照明器具に火を入れていく。まだカーテンを開けても外は暗いが、家の中は明るくなった。

「そうしたら次は朝食作りだ。井戸の水を汲《く》みにいくよ」

「うん」

リリカはおばあちゃんの指示に従いテキパキと動いた。

小さな体を懸命に動かし、重い滑車を引いて井戸から水を汲む。おばあちゃんはバケツ二つ、リリカはバケツ一つを持って家へと戻る。

持って帰った水に野菜をつけてゴシゴシ泥を落とすと、あまりの水の冷たさに手が真っ赤になった。

「よく見ていな。野菜の皮はなるべく薄く剝《む》くんだよ。実を削ると勿体無《もったいな》いし、皮の近くには栄養がたっぷり詰まってるんだ。包丁の持ち方はこうだ。手を切らないように気をつけるんだよ」

「うん」

「パン作りに必要なのは、気温や湿度を把握しておくこと。それから分量をきちんと量ること。目分量で作ってはいけないよ」

「はぁい」

おばあちゃんはパン屋でパンを買わず、全てを一から手作りしている。リリカは天秤《てんびん》を使い、分量を量り、教えに従って一生懸命にこねた。

やがて出来上がったのは、ふかふかの焼き立ての白いパンと野菜がたっぷり入ったスープ。それに半熟卵とカリカリに焼いたベーコン。

「どうだい、美味《おい》しいだろう」

「うん……！　すっごく美味しい！」

リリカの目がキラキラと輝いた。

「こんなに美味しいものを自分で作れるなんて、すごいね！」

「すごくなんかないさ。使用人ならこれくらいできて当たり前なんだ。もっともっと色んな料理を作れなくちゃならないよ」

朝食が終わる頃にはようやく空が明るくなり始めた。

「よし、洗濯をしようかね。洗濯板でごっしごっしと力を入れて洗うんだよ」

切るように冷たい水に手を浸し、ひたすらに汚れ物を洗っていく。

「干す時はシワにならないようにピンと干すんだ」

踏み台を使って張り巡らされた縄に洗濯物をひっかけ、ふぅと息をつく……暇はなかった。

「さて、次は掃除だ。この家は狭いからすぐに掃除が終わるけど、今から行くお貴族様の住む屋敷はそうはいかない。素早く、しかし丁寧にやることが肝心だよ。実地訓練といこう」

実地訓練用に着替えたリリカは貴族の邸宅で、身の丈の二倍ほどあるモップに振り回されつつ掃除をした。棚の上や燭台や窓は踏み台を使いつつ綺麗《きれい》に布で拭き上げた。

「掃除が終わったら次は帰って庭仕事だよ。使用人は庭仕事も当然できなけりゃならない」

おばあちゃんの家の庭は狭いながらもさまざまな植物が植えられている。

「今は冬だから花は咲いてないけどね。春に向けて剪定《せんてい》や手入れをしなけりゃならん。放っておいたら根腐れを起こしてダメになっちまうからね」

霜柱が溶けてびしゃびしゃになった冬枯れの芝生を刈ったり、伸びている生垣の手入れをしたりしているうちに午前中が過ぎていく。

「さて、そろそろ市場に向かう時間だ。はぐれないようについておいで」

おばあちゃんと一緒に市場へ行く。

「いいかね、良い野菜を選ぶコツはヘタを見るんだ。ヘタがしおしおしているような野菜は鮮度が悪い。シャキッとしているものを選ぶんだよ。それから肉は赤みがかって色鮮やかなもの。魚は目がイキイキしているもの。間違っても適当に選んじゃだめだ」

家に戻ると昼食の準備。それが終われば今度は裁縫。

「繕い物は使用人の基本中の基本だ。それだけじゃない。衣装の裾を詰めたり、刺繍《ししゅう》をしたりとできなきゃならないことはたくさんある」

そうして午後いっぱいを繕い物にあて、夕食を作ると、家中の燭台の火を消して暖炉の後始末をする。

リリカの生活は一変して、悲しむ暇なんてないくらいにやることが山積みだった。

掃除洗濯料理、庭仕事、買い物、裁縫。

それから薪割り、近所の子供の子守り、馬の世話、病人の介抱に至るまで実にさまざまな仕事先に出向いた。

　また仕事だけでなく使用人としての作法や礼儀、貴族の常識に至るまで、おばあちゃんの持てるありったけの知識を授けられた。

　目まぐるしい生活が十二年も経《た》つ頃にはリリカはすっかり一人前の使用人になり、十七歳のある日、とうとう住み込みで働くことになった。

2　新天地はお化け屋敷

「じゃあ、ヘレンおばあちゃん、今まで色々とありがとう」

「なんのことはない。お前が努力した結果だよ」

　十七歳のリリカは革張りのトランクを手に、家の中でおばあちゃんに挨拶をした。リリカは紺色の裾の長い使用人服に身を包み、亜麻色の髪をきっちりと後ろでまとめていた。瑠璃色の大きな瞳はこれから働く新しい環境への期待に輝いている。

　この十二年でおばあちゃんはすっかりと老け込んだ……というわけでもなく、出会った時と同じ容貌をしていた。皺々《しわしわ》の顔に笑みを浮かべ、白髪を後ろでまとめ、背筋を伸ばしてしゃんと立っている。気品すらも漂う風格に、リリカは安心した。おばあちゃんを一人で残してしまうのが不安だったが、これなら当分は大丈夫だろう。

「お給金の半分は仕送りするから。それから長期の休暇がもらえたら帰ってくるから」

「わしのことなど構わんでいいよ。それより粗相のないように、しっかりおやり」

「うん」

「リリカ。昔わしがお前に言ったことをちゃんと覚えているかい」

「もちろん」

リリカはトランクを持っていない方の手を胸に当てて、心の中で思い出す。

『あのねぇ、リリカ。この世は理不尽だらけだよ。いつ何が起こるかわからない。だから自分の足でしゃんと立って、自分の力で生きていかなけりゃならないんだ。メソメソするのはおよし』

両親を亡くした五歳のリリカにとって、おばあちゃんの教えがどれほど励ましになったかわからない。血もつながっていないリリカを引き取り、リリカを一人前にするべく色々と教えてくれたおばあちゃん。時に厳しく時に優しいおばあちゃんと過ごした十二年間は、リリカにとってかけがえのない時間だった。

リリカは顔を上げ、とびきりの笑みを浮かべると、言った。

「それじゃ、行ってきます！」

「行ってらっしゃい」

おばあちゃんも笑顔で見送ってくれた。

そう。何があってもメソメソしちゃならない。

ここまで育ててくれたおばあちゃんの恩に報いるためにも、ここから先は自分の力で生きていかないといけないんだ。

——たとえリリカの勤め先が、国中で評判の悪い公爵様の屋敷だとしても。


アシュベル王国には四人の王子様がいる。

今回リリカに斡旋《あっせん》された勤め先は、四番目の王子様の屋敷であった。

ご主人様の名前はウィルジア・ルクレール様。現在二十歳。

しかしこのウィルジア様というのは、すこぶる評判の悪い方らしい。

政《まつりごと》をするような確たる志《こころざし》はなく、剣をとらせてもまるでダメ。音楽も社交術も全く才能がなく、唯一の趣味は歴史書を読み込むこと。

あまりにも王族にふさわしくないということで両親によって王位継承権を放棄させられ、今は公爵位を賜って王都外の森にある屋敷に一人で住んでいるのだとか。

屋敷に向かうべく乗り合い馬車に乗り込んだリリカは、目を閉じて斡旋所で言われた言葉を思い出す。

「ウィルジア様はとかく浮き世離れした常識のないお方でね。雇う使用人はいつもたった一人だけ。住み込みさせるその一人に屋敷の雑事をなんでもやらせようってんだから、そりゃあ皆音《ね》を上げちまうに決まっているさ。おまけにウィルジア様は根暗で、無愛想で、会話すらままならないからこちらの要望なんて全く聞き入れてくれやしない。今までに何人もの使用人を送り込んだんだけど、皆半年も経たないうちに辞めちまう。それでもいいなら紹介するけど、どうだね？」

渡りに船だわ、とリリカは思った。おばあちゃんに教わって一通りの仕事はこなせる自信があるし、給金もべらぼうにいい。これならおばあちゃんに不自由のない生活を送らせてあげられる。屋敷の場所が森の中で微妙に辺鄙《へんぴ》なので、住み込みというのも都合の良い条件だった。話を聞いたリリカは即座に答えた。

「私、このお仕事やります」

「いいのかい？　薄暗い森の中の屋敷で根暗な公爵様と一日中一緒にいたら、気が変になるってもっぱらの噂《うわさ》だよ」

「大丈夫です。やります」

かくしてリリカは、ウィルジア・ルクレール公爵様の下で住み込みで働くことになった。

◆◇◆

「さぁってと、ここからは徒歩ね」

乗り合い馬車を降りて王都外れの森の中に存在しているらしい屋敷まで歩く。

「なんだって一国の王子様が、こんな辺鄙な場所に住んでいるのかしら」

周りはほぼ、森であった。どこに行くにもこれじゃあ不便だろうというような場所だ。リリカは革張りのトランクを手にサクサクと歩いた。ちなみにルクレールという公爵名の由来はこの森の名前、ルクレールの森から来ているらしく、つまり森と屋敷がウィルジア様の土地ということになる。にしても、一国の王子様が王位継承権を放棄して手にしたものが薄暗い森と屋敷ひとつというのはあまりにも寂しい。

ギャアギャアとカラスが鳴き、鬱蒼《うっそう》と針葉樹が繁《しげ》る森の中をしばらくゆくと、開けた土地に出て、屋敷が見える。

「ここがウィルジア様のお屋敷ね。なるほど、陰気な雰囲気だわ」

トゲトゲした背の高い針葉樹の木々に囲まれた赤茶色の煉瓦《れんが》造りの屋敷は昼だというのに暗く、冬晴れの青空からの光すら届かない陰鬱とした雰囲気が漂っている。まるでお化け屋敷だ。

鉄製の門扉には見張りの兵がおらず、鍵もかかっていないので、リリカはそのまま中に入ってぼうぼうの荒れ放題の庭に延びる小道を通り、玄関のノッカーを握って軽くノックした。

しばしののちに出てきたのは、先輩メイドだ。

「はい、どちら様……って、あぁ、私の代わりに新しく来た子ね！」

「はい。リリカと申します」

「良かったわ、助かった！　これで私はこのお屋敷から解放されるのね！」

リリカとそう歳《とし》が変わらなさそうな先輩メイドは、大袈裟《おおげさ》に喜びながらリリカの手を握り、目に涙を浮かべる。

「私はアンナ。この半年間、代わりの人が来ますようにって祈りながら待っていたの。本当によかった！　じゃ、詳しいことを説明するから入ってちょうだい」

アンナはリリカの手をしっかりと握りしめたまま屋敷の中に引きずり込むと、玄関の扉を閉める。

埃《ほこり》っぽい玄関ホールは暗く、澱《よど》んだ空気が蔓延《まんえん》していた。

「じゃ、荷物を置きましょうか。こっちよ」

使用人用の部屋に荷物を置くと、アンナは足早に移動して説明を開始する。

なお、アンナはいついかなる瞬間もリリカの手を離してくれる気配はなく、「絶対に逃すものですか」という意気込みを感じた。

「まずはウィルジア様にご挨拶を……」

「今いらっしゃらないの。王立図書館に行ったっきりもう十日は帰っていないから、いつお帰りになるのかはわからない。この隙にやるべきことを教えておくから、頭に叩《たた》き込《こ》んで」

「はい」

「いい？　このお屋敷でやらなければいけないことは、三つだけよ。掃除洗濯料理。あとは三階にあるウィルジア様の書斎には、絶対に立ち入らないこと。これだけ守っていれば他には何も要求されないわ」

「本当にそれだけですか？　お給金の割には業務が少ないですね。もっと、庭を整えたりご主人様の衣服を仕立てたり、護衛を兼ねて職場までの送迎をしたりしなくていいんですか？」

「は？」

先輩メイドのアンナはリリカの発言を聞いて、「ちょっと何言ってるかわからない」という顔をした。

「……使用人一人にそこまでの業務ができるわけないでしょう？」

「そうですか？」

リリカは首を傾《かし》げた。

「ま、まあ、あなたは色々な仕事ができる人間なのかもしれないけれど、でもね、一週間も経つとわかるようになる。いくら給金が良くたって、ウィルジア様の屋敷で働くくらいなら、下町の定食屋で日がな一日芋の皮剝きでもしていた方がマシって思うようになるわよ。……っと、でもあなたは今からここで働くのだから、こんなネガティブなことを言っちゃダメね」

アンナは口元を押さえ、「さ、こっちこっち」と厨房《ちゅうぼう》にリリカを案内した。

「食材を届ける業者はいないから、自分で買いに行くこと。洗濯は反対の扉から外に出たら洗い場があるわ。どんな時でも陽の光が届かないから、なかなか乾かなくて大変なのよ……冬場は特にね。それから掃除道具は厨房の隣にある倉庫の中。あとは何か質問ある？」

「ウィルジア様の好物はありますか？」

「ないわね。なんでも食べるわよ。美味しいともまずいとも言わず、黙々と食事する。あぁ、食事の時にも本を片時も手放さず、ずっと読書していらっしゃるから、邪魔しないようにね」

「ウィルジア様の一日のスケジュールは？」

「朝は少し遅めに起きて朝食。それから職場の王立図書館に行って、陽が落ちてからのご帰宅。帰宅後に食事をする時もあるし、しない時もある。日によってまちまちだから聞くしかないわね。今みたいに帰ってこない時もあるわ。それも何も言わずに五日とか留守にするの。帰ってきた時にはボロボロで、幽霊みたいになっているから覚悟しておいて」

「屋敷にお客様はお見えになりますか？」

「一人だけ、仕事仲間だというジェラール様。その方以外は誰も訪ねていらっしゃらない。とはいえ、お見えになったのは一度だけだし、あの方もウィルジア様に負けず劣らずの本の虫だったわ。お顔立ちは整っているんだけど、冷たい印象でね……ウィルジア様とは別の意味で、話しかけるのは憚《はばか》られるようなお方だったわ。さ、説明は以上よ。私はとっとといなくなるから、後のことは任せたわ！」

じゃ！　と手を上げて、アンナは自分の荷物を素早くまとめると屋敷から出て行ってしまった。その速さたるやまるで馬のようだった。

「……さて」

リリカは屋敷にあった、豪奢《ごうしゃ》な作りだが盤面がひび割れている時計を見る。時刻は、昼過ぎ。今の説明だと、ウィルジア様が帰るまでにはたっぷりと時間がある。

リリカはシーンと静まり返る屋敷を見回した。

玄関ホールは窓が閉められており、陽の光を絶対に入れるまいとするようにぴっちりと厚手のカーテンがかけられている。そして埃っぽく、湿っぽい。

「まずは掃除からかしら」

リリカは腕まくりをし、先ほどアンナに教えてもらった掃除道具のある倉庫まで歩いた。

3　ウィルジア・ルクレールの楽しい生活

ウィルジア・ルクレールはアシュベル王国の四番目の王子で、世間からはあまり評判が良くない。

上の兄三人は有能だが、ウィルジアだけが不出来だった。

口下手で、人付き合いが苦手で、沢山いる貴族たちの顔を覚えるのすら苦痛だった。誰かと目を合わせるのも嫌なので、金色の前髪を鼻先まで伸ばして瞳を覆い隠し、いつもうつむいて背中を丸め地面ばかりを見ていた。四人いる兄弟の中の誰よりも能力が劣るウィルジアに期待している者はいない。

こんな王子が万が一にも国王になったら大変だということで、十五歳の時に両親によって早々に王位継承権を放棄させられてしまっている。

別に王位を継ぐ気はさらさらないので、全く構わない。おかげさまで王族が名乗る「アシュベル」の姓を名乗ることが許されず、とってつけたように「ルクレール公爵」という肩書きが与えられた。公爵と言っても賜ったのは一軒の屋敷と周囲に広がるルクレールの森だけだ。

そんなウィルジアが唯一得意とするのは、歴史を紐解《ひもと》き古くなった書物を現代語に訳す、歴史書の編纂《へんさん》だった。なので王立図書館所属の歴史編纂家という地味で人気のない役職に就いている。

王族出身だというのに、煌《きら》びやかな世界とはまるで無縁な、引退した老人のような生活を送っていた。

しかしウィルジアは今の生活に満足していた。

社交界も爵位もどうでもいい。

彼が興味があるのはただ一つ、奥深い歴史についてのみ。

なので今日も今日とて書物にかじりつき、古《いにしえ》の歴史研究に没頭していた。

ウィルジアは日がな一日研究に明け暮れて過ごしている。

古代の書物や文献を読《よ》み漁《あさ》り、失われた歴史をすくいあげ、現代語に訳して書物に記す。

没頭しすぎて屋敷にも帰らず寝食を忘れることもよくあるが、まあ生きているので別にいいだろう。

そんなわけでウィルジアは、二十日間ぶっ続けで王都に存在している巨大な王立図書館に入り浸り、今向き合っている文献の翻訳に目処《めど》がつき、清書して書物にまとめるだけという段階になってようやく家に帰ろうと思い至った。

「くあ……腰が痛い」

流石《さすが》に二十日間ほぼ座りっぱなしは体にこたえる。

ずっと机に齧《かじ》り付《つ》いていたウィルジアがようやく動き出したのを見て、同じく歴史編纂家でウィルジアの唯一の友人であるジェラールが声をかけてきた。

「やっと終わったのか」

「うん」

「早く帰って湯浴《ゆあ》みをしてこい。臭い」

「あぁ……ごめん」

「それからちゃんと食事も取るんだぞ。しばらく図書館に来ないで屋敷で休んでいろ」

ウィルジアは友人の方を振り向いた。屋敷に帰ることすら放棄して、髪もボサボサで身なりに気を遣わないウィルジアと違い、身だしなみに気を遣っている友人はきっちりしていた。長い銀髪を肩口で結わえて前方に垂らし、四角い銀縁眼鏡をかけ、眼鏡の奥の海の底のように深い青い瞳は険しい色をしている。

言葉は厳しいが、彼はウィルジアの身体《からだ》を気遣ってくれるたった一人の人物だ。

「うん。わかったよジェラール」

よろよろと立ち上がり、したためた紙の束を摑《つか》むと図書館の地下に存在している書庫から出る。途中ですれ違う、図書館利用の貴族たちは幽鬼のようなウィルジアを見てギョッとするのだが、ウィルジアは気がつきもしなかった。

「帰ったらこれをもう一度読み直して、それから編纂中の歴史書に書き込んで……」

うつむきながらブツブツと呟《つぶや》くウィルジアを誰もが避けて通った。それもそのはずである。

ウィルジアは長年整えていないボサボサの金髪のせいで顔は全く見えないし、ずっと着続けている黒いローブはくたびれ果ててよれよれだし、栄養状態の悪い体は骸骨のように細く、歩き方はふらついている。おまけに二十日間風呂に入っていないので、異臭がした。

研究以外に興味を持たないウィルジアは外見に気を遣うことがなく、また他人からどう思われていようが知ったこっちゃないと考えていた。王族としては元より、人として終わっている。

王立図書館の外に止まっている客待ちの辻馬車《つじばしゃ》に乗り込むと、行き先を告げた。その行き先が変わり者で有名な「ウィルジア・ルクレールの屋敷」であると聞くや御者はギョッとしたのだが、手に銀貨を握らされれば向かう他なかった。

ガラガラと進む馬車の外の景色には目もくれず、ウィルジアは久しぶりに屋敷に帰る馬車の中でもずっと今しがた終えた研究について考え続けていた。

ウィルジアが両親から賜ったもの。

それが郊外の森とそこに佇《たたず》む屋敷である。

元々は王家の別荘のような使い方をしていたそうなのだが、鬱蒼と繁る針葉樹の森に嫌気がさして今では訪れる人は誰もいない。

しかしその静けさと、王都の貴族街近くにある王立図書館に通いやすい距離感で、人嫌いなウィルジアにとっては安らぎの我が家である。

問題点があるとすれば、雇う使用人が次々に辞めてしまうことくらいか。

世間一般の常識に疎いウィルジアは、「使用人が一人で出来ることに限界がある」という考えが理解できなかった。というか、人嫌いなのであまり多くの使用人を屋敷に置きたくなかった。

一人いればいい。

たとえ屋敷の中が埃っぽくても、庭が荒れ果ててぼうぼうでも、客を招待できるような状態でなくても構わない。

埃っぽいのは図書館の地下書庫だって同じだし、庭など使わないし、自分を訪ねてくる奇特な人物だってそうそういない。

だからウィルジアは、最低限の「掃除洗濯料理」ができる使用人がいればよかった。

今いる使用人も辞めたがっているようだったので、代わりが見つかれば辞めていいと言ってある。さてどうなったのだろうか。

屋敷の前に馬車が着き、降りると御者は一目散に去って行った。

ギャアギャアとカラスの鳴き声を耳にしながら、鉄の門扉を通って荒れ果てた庭を通り、玄関の扉を開けて中へ入る。

そこでウィルジアは、思いがけない光景に出会い、呆気《あっけ》に取られた。

「な、なんだこれは……」

玄関がかつてないほど明るく輝いている。

分厚い埃が積もっていた大理石の床は綺麗に磨き上げられ、万年締め切られていたカーテンは石鹸《せっけん》の香りが芳《かぐわ》しく、左右に寄せてタッセルでまとめられている。窓は汚れが落とされ外の様子がクリアに見えた。頭上のシャンデリアには赤々と蠟燭《ろうそく》の炎が燃えているだけではなく、隅の銀の燭台もピカピカに磨き上げられた上に蠟燭が全て灯っていた。しかも全部が全部、新しい蠟燭に取り替えられていた。

呆然《ぼうぜん》と立ち尽くしていると、廊下から誰かが小走りに駆けてくる音がして、一人の見慣れない使用人服姿の娘がやって来た。

「ウィルジア様、お出迎えが遅れまして申し訳ありません。お帰りなさいませ」

「君は誰だ」

「新しくお屋敷で働かせていただくことになりました、リリカと申します」

そうして見事なお辞儀をしてみせたリリカを、ウィルジアは垂れ下がる前髪の隙間からまじまじと見つめた。

紺色の裾長の使用人服を着ているリリカは、まだ十七、八歳だろう。亜麻色の髪をきっちりと結い、使用人服をパリッと着ている姿は、二十日間下着すら替えていない自分よりよほどきちんとしている。大きな瞳は瑠璃色をしており、薄い化粧を施したその顔はいかにも仕事ができそうだった。ウィルジアは恐る恐る口を開いた。

「この玄関ホールは、君がやったのかい……？」

「はい。僭越《せんえつ》ながら、掃除をさせていただきました」

「そうか……」

「よろしければ湯浴みをなさいますか？」

「あ、うん」

「ではローブをお預かりします」

リリカは異臭を放つウィルジアに臆することなく近づくと、ボロボロのローブを受け取る。

「湯浴みが終わりましたら、お食事にされますか？」

「ああ」

「かしこまりました」

そうしてウィルジアの後をついて浴室まで行くと、素早く入浴の支度を整えて去って行った。

ウィルジアが風呂から出ると、きっちりとアイロンのかけられた替えの衣服が置かれており、袖を通すと洗濯したての良い香りがした。

そのまま食堂へと向かったが、その道すがらもびっくりするぐらい手入れが行き届いており、まるで別の場所に来たかのようだった。自宅だというのに落ち着かない気持ちになった。

ソワソワしながら食堂に入ると、暖炉には薪がこれでもかとくべられて轟々《ごうごう》と暖かな火が燃えており、チリ一つ落ちていないカーペットはこれまた新品同然の美しさだった。

一体どうやれば、食堂中に敷かれている巨大なカーペットがこんなにも綺麗になるのだろうかとウィルジアは訝《いぶか》しんだ。

「僭越ながらお食事のご用意をさせていただきます」

そう言ってリリカが用意した食事は、目を見張るものだった。

食前酒から始まった食事は、彩《いろどり》豊かで鮮やかな前菜、ふかふかのパン、舌で潰せばとろけるほどに滑らかに煮込まれたテール・スープ、ふっくらと焼き上げられた魚料理、ジューシーな鳥のローストと、まるで王宮で出るようなメニューである。

食事をしながら思わず初対面の使用人の顔を仰ぎ見た。

「この料理は君が……?」

「はい、僭越ながら」

先ほどまでは確かに入浴の支度をしていたはずだ。いつの間にこれほどの料理を作り上げたのかと、心底不思議だった。

リリカはふと疑問を抱いたのか、給仕中ずっと浮かべていた笑みを引っ込め、デザートのタルトとコーヒーを給仕しながらこんなことを聞いてきた。

「前任者に、ウィルジア様はお食事中も本を手放さないと伺っていたのですが、本日は読書は宜《よろ》しかったのでしょうか」

「えっ、ああ、うん。あらかた仕事は片付いたからね、今日はいい」

実際には屋敷の変わりように驚きすぎて、本を読むなんてことは頭から吹っ飛んでいた。そんなことはここ五年ほど起こっていない出来事だ。ウィルジアにとっては本が何よりの友達で、かけがえのない相棒だから、一瞬たりとも忘れることなどなかったのだが、今日はそれよりも驚きの方が勝《まさ》っていた。

「そうでしたか」

にこりと笑うリリカは、給仕が終わると使用人らしく部屋の隅に控える。黙って立っていればごく普通の使用人にしか見えないので、ウィルジアは本当にこの娘が一人で全ての労働をこなしているのか疑わしく思った。

「他に誰か助《すけ》っ人《と》を頼んでいるのかい」

「いえ、私しかおりません」

「でもこの仕事量を一人でやるのは無理があるんじゃないか」

「幼少期より慣れ親しんでいる仕事ですので、さほど大変ではありません。ウィルジア様も、読書量であれば誰にも負けませんでしょう?」

「まあ、そうだね」

「であれば、同じことかと」

「なるほど」

世間知らずのウィルジアは納得した。

リリカはきっととても有能なのだ。良い使用人が入ってきたな、とウィルジアは内心で機嫌を良くする。

「ところでウィルジア様に一つ許可をいただきたいのですが」

「なんだろう」

「表の針葉樹の一部を、切り倒してもいいでしょうか」

「…………」

ウィルジアはぴたりとコーヒーを持ち上げていた腕を止めた。

「今、なんて？」

「はい、木を切りたいと申しました。洗濯物を干すのに日当たりの良い場所が必要でして。薪にもなりますし、南側の一部でいいのでぜひお許しいただけないでしょうか」

「君が切るのかい？」

「はい。昔木こりに弟子入りしたことがあるので、伐採はお手のものです」

ウィルジアはまじまじとリリカを見た。良い笑みを浮かべるリリカは細く、どちらかといえば小柄だ。こんな普通そうな娘が、木を切り倒せるのだろうか……と思いながら、「怪我《けが》のないように」と告げて許可を与えた。

４　リリカの楽しいお屋敷生活

話は少し遡る。

ウィルジアが帰宅する前、リリカが前任者より引き継いで屋敷の仕事を任されたばかりの時、リリカは張り切ってお屋敷仕事に励んでいた。

ウィルジア様の屋敷は掃除のしがいがある。

何せ厚く積もった埃は一度拭いただけでは綺麗になるはずもなく、ピカピカにするためには同じ場所を何度も何度もこする必要があった。

食堂や衣装部屋、浴室、厨房など生活に必要な最低限の部屋は綺麗にされていたが、それ以外の場所はおそらく何十年も全くと言っていいほど手をつけた形跡がない。

玄関ホールくらいは綺麗にしたらどうなの、と思わなくもなかったが、やってないものは仕方がない。

そんなわけでリリカの住み込み使用人生活は、お屋敷を綺麗にするところから始まった。

気合を入れたリリカは、薄手の布を巻き付けて鼻と口を覆い、埃を吸い込まないようにする。

まず入ってはならないという書斎以外の部屋や廊下の窓という窓を開けるところからやろう、と考えたのだが、あまりにも掃除がされていない窓辺は蓄積された汚れがサッシに詰まって窓が開かなくなっていた。リリカは急遽《きゅうきょ》予定を変更し、窓に詰まった汚れから綺麗にしていくことにした。

森に囲まれて日当たりが悪いにもかかわらず、無駄に窓が多い作りの屋敷なので、窓の汚れを落とすだけでも時間がかかる。しかしそれはそれ。リリカはおばあちゃんから様々な技術を学んでいるので、汚れを落とすなど朝飯前の仕事だった。

おまけに屋敷の主人であるウィルジア様がいらっしゃらないので、食事や入浴の支度をする手間が省ける。思う存分掃除に打ち込めるので、作業が捗《はかど》って捗って仕方がない。

リリカは屋敷中の窓のサッシにつまった汚れを落とし、ついでにガラスを拭きあげると、窓を大きく開け放った。陰鬱とした針葉樹に囲まれた森ではあるが、それでも新鮮な風が屋敷の中に入ってきて、澱んだ空気が霧散した。

「よし、天井と照明器具の汚れを落とさないとね」

リリカは爽やかな風が吹き抜ける屋敷の中を歩いた。掃除道具が置いてある倉庫からリリカの身の丈の倍ほどある脚立を見つけ出して担ぎあげると、床に固定して上《のぼ》る。天井の埃を落とし、照明器具の一つ一つから蠟燭を抜き取り、綺麗に拭き上げるという地味で時間がかかり、上ばかりを向いているので首が痛くなる作業を黙々とこなした。屋敷中の天井から埃を落として照明をピカピカにして新しい蠟燭に差し替える。なぜか屋敷には蠟燭の在庫が大量にあったので助かった。

「さて、次は床の掃除をしましょうっと」

リリカはモップで玄関ホールの床をこすった。廊下の床をこすった。客室の床をこすった。一度では汚れが落ちないので、水に浸して絞ったモップで何度も何度も同じところをこすった。モップでは行き届かない場所は、雑巾でゴシゴシゴシゴシ力一杯掃除した。

リリカはウィルジアが帰ってこない間ひたすら掃除に励んだ。

屋敷中のカーテンや絨毯《じゅうたん》を全て外して洗濯板でじゃぶじゃぶ洗い、日当たりの良さげな場所を探して干し、暖炉の中も煤《すす》を落として綺麗にし、煙突掃除もした。

ご主人様がいつ帰ってきてもいいように、毎日食材も取り揃《とそろ》えて食事の支度もバッチリである。

なお帰宅しない場合、もったいないのでリリカがありがたくいただいた。「役得ね！」と思った。

こうしてリリカが、陰鬱な森や荒廃した屋敷にめげずに職務に邁進《まいしん》した結果、屋敷は見違えるように美しくなり、まるで今しがた建てたばかりの新居のような佇まいになったのだった。

リリカがウィルジアの屋敷で働き始めてから十日経った日の出来事である。

今日も今日とて己の仕事ぶりに満足し、さてそろそろ夕食の準備を……と思っていたところ、玄関ホールで物音がした。

慌てて向かうと、そこに立っていたのは、よれよれの衣服に身を包んだ一人の青年だった。呆然と立ち尽くすそのお方が己の主人であるに違いないと思ったリリカは、ともかく出迎えの挨拶をする。

「ウィルジア様、お出迎えが遅れまして申し訳ありません。お帰りなさいませ」

「君は誰だ」

ウィルジアは動揺が滲《にじ》み出《で》た声で尋ねた。

「新しくお屋敷で働かせていただくことになりました、リリカと申します」

そう名乗ると、ウィルジアはリリカをまじまじと見つめてきた。

それにしてもこのご主人様、お顔がちっとも見えないわねとリリカは心の中で思う。

ボサボサの金髪は鼻頭まで前髪が伸びているせいで、どんな顔をしているのか全くわからない。己の主人の顔形がわからないというのはちょっと問題だろう。折を見て散髪の提案をしようと密《ひそ》かに心に誓う。

ややあってからウィルジアはためらいがちに口を開いた。

「この玄関ホールは、君がやったのかい……？」

「はい。僭越ながら、掃除をさせていただきました」

「そうか……」

「よろしければ湯浴みをなさいますか？」

「あ、うん」

「ではローブをお預かりします」

リリカはボロボロのローブを受け取った。黒いローブは上質な素材で出来ているが全体的にしわくちゃで、袖口の糸がほつれていたり、刺繍が取れかけていたりと散々な状態である。これは洗濯を終えたら綺麗に繕わなければ、と決意を固くする。

「湯浴みが終わりましたら、お食事にされますか？」

「ああ」

「かしこまりました」

そうしてリリカはウィルジアの湯浴みの用意を整えた。

浴室隣の水場でポンプで水を汲み、お湯を沸かして浴槽に溜《た》め、それから着替えを出して脱衣所へと置いておく。この服もリリカがウィルジアの留守中に洗濯し直してアイロンをかけておいたものである。

それが終わると夕食の準備を整えるべく食堂へ行き、暖炉に薪をくべて部屋を暖めてから、厨房に向かった。

食の好みがよくわからないがなんでも食べるという話だったので、兎《と》にも角《かく》にもお貴族様の食事習慣に合わせてフルコースを用意する。

自覚はないが、リリカの料理の腕はプロ顔負けである。

ウィルジアが入浴をしているわずかな間に、目にも鮮やかな前菜を作り、朝から仕込んでいたとろける程美味しいテール・スープを仕上げ、ウィルジアが食事をしている間に魚料理を作り、肉を焼いた。デザートのタルトは旬の果物をふんだんに使い、コーヒーは豆から挽《ひ》いて淹《い》れた。完璧である。

そうして食事を終えたウィルジアにふとリリカは尋ねた。

「前任者に、ウィルジア様はお食事中も本を手放さないと伺っていたのですが、本日は読書は宜しかったのでしょうか」

「えっ、ああ、うん。あらかた仕事は片付いたからね、今日はいい」

なるほどそういうこともあるのか、とリリカは納得する。ともあれ食事には満足いただけたようで何よりだ。

前髪のせいで顔は見えないが機嫌が良さそうなウィルジアに、今ならば許可をもらえるかもしれないと思ったリリカは、表の針葉樹を伐採したい旨を申し出る。

ウィルジアは「この子は一体何を言っているんだろう」とでも言いたげにまじまじとリリカを見た。ここで負けてはならないとリリカは笑みを浮かべ続ける。日当たりの悪さは死活問題だ。お洗濯物が、乾かないのだ。屋敷のカーテンは厚手のものが多く、そりゃあ乾かすのに苦労した。生乾きで変な臭いになったら嫌だ。ウィルジア様の服だってパリッと気持ちよく乾かしたい。

しばしの沈黙ののち、ウィルジア様は「怪我のないように」と告げて許可してくださったので、リリカは内心で「よっしゃあ！」と叫びたい気持ちをこらえて「はい」と返事をした。

5　楽しい楽しい樹木伐採

リリカは裾長の使用人服姿で手に斧《おの》を持ち、すーはーすーはーと深呼吸を繰り返していた。そうしてしばらくしたのちに、おもむろに手にした斧を振り上げ、振り下ろす。

「せいやぁ！」

何度目かの掛け声ののちに、おおよそ二十メートルはある木はみしみしと音を立てて切り倒された。

「よしよし、順調ね」

リリカは己の仕事の成果を確かめながら満足そうに言った。

リリカの予測では、南側に生える木を何本か倒せば屋敷の一部にお日様が差し込む。

そうすれば洗濯物が気持ちよく乾くという寸法だ。

倒した木々は薪にしてしまえばいいし、無駄もない。いそいそと木を切り倒し続けていると、屋敷の窓が開いてひょこりとウィルジアが顔を覗《のぞ》かせてきた。

昨日帰ってきたウィルジアはしばらく屋敷に留まり、書斎で仕事をするのだと言っていた。

今朝は暖炉が赤々と燃える食堂にやって来て食事を取ると、さっさと部屋に籠ってしまっていたのだが。

「申し訳ありません、うるさかったでしょうか」

「いや、そういうわけじゃないけど……本当に君一人で切り倒しているんだなあと」

「はい、このくらいは軽いものです」

「軽いものなのか……」

信じられない、とでも言いたげであるが、リリカにとっては朝飯前の仕事である。

木こりに弟子入りしていた時は、日がな一日木を切り倒して暮らしていた。

「木にも弱点というものがありまして。一点、切り倒しやすい場所を見つけてそこに向かって斧を振り続けると最低限の回数で木を切り倒すことができるんです」

「そうか……」

表情は相変わらず前髪のせいで見えないが、明らかに声音が戸惑っている。

「もしうるさいようであれば止めますので、遠慮なくお知らせください」

「わかった。まあ、怪我のないように」

リリカが「はい！」と返事をすると、ウィルジアは窓を閉め、再び部屋に籠った。

使用人の怪我の心配をするなんて、なんて優しいご主人様なのだろうとリリカは感動した。

（いいご主人様でよかったわ！）

張り切って仕事しなければ、と気合を入れ直してリリカは再び木に向かって斧を振り上げた。

◆◇◆

「本当に一人で木を切り倒してる……」

窓を閉めた後、ウィルジアは書斎の机に向かって一人で呟いた。

昨日帰ってきて、見違えるようにピカピカになった屋敷に驚いたものだが、それをやったのがたった一人の使用人であるということにさらに驚いた。さらにさらに、その使用人というのがまだ十七歳の娘だということにもっと驚いた。

リリカは屋敷の掃除のみならず、湯浴みの準備を済ませると、食事では完璧なコース料理の調理と給仕を一人で器用にこなした。今までの使用人が作る料理とは明らかに異なるクオリティに度肝を抜かれた。まるで王宮で出てくるディナーのようだった。

今朝はウィルジアが起きると、廊下の照明には明かりが灯され、食堂の暖炉には薪がくべられて赤々と燃えており、暖かく居心地の良い空間が出来上がっていた。出された朝食も焼きたてのパンにスクランブルエッグ、程よく焼かれたソーセージ、なめらかなコーンポタージュにフレッシュな生野菜のサラダと完璧だった。その後に向かった書斎は、寒々しく埃っぽい上にあちらこちらに本や紙の束が置かれていて雑然としており、我ながらひどい部屋だなと思わずにいられなかった。

いつもは落ち着くはずの書斎の椅子に所在なさげに腰掛けると、とにかく昨日持ち帰った仕事の続きをしなければと紙の束を引っ張り出す。集中して翻訳を清書していると、何やらカーン！　カーン！　と小気味いい音が聞こえてきて、目の前にある窓から木が倒れるのが見えた。

もしや本当に木を切り倒しているのではあるまいな、と身を乗り出してそうっと下を見ると、本当にリリカは一人で木を切り倒していた。裾長の紺色の使用人服のまま、一切のためらいなく斧を振るっていた。

呆気に取られて見つめていると、リリカは無駄のない動きで黙々と樹木伐採を続けている。危なげのない動きは、まるで熟練の木こりのそれであった。

たまらず窓を押し開けて顔を覗かせると、リリカは眉尻を下げて謝罪をしてくる。

別にうるさいと思ったわけではない。純粋に驚いただけだった。

そう告げれば彼女はニコニコしながら木を切り倒すコツを話し始めて、言っていることは全く理解できなかったが、楽しそうで何よりだなと思った。

怪我のないように、と告げると「はい！」といい笑顔を返された。

「……変な使用人だ……」

窓を閉めるとウィルジアはそう独りごちる。

今までやって来た使用人たちは、最低限の仕事しかこなさなかったし、別にウィルジアもそれで構わないと思っていた。掃除洗濯料理。要するにウィルジアが生きるのに必要な雑事さえやってもらえたらそれでよかった。

しかしリリカはどうしたことやら、ウィルジアの予想のはるか上をゆく仕事量をこなしている。かつてない出来事に、ウィルジアはこの屋敷に移り住んで初めて、仕事仲間以外の他人というものに関心を抱くようになった。

6　楽しい楽しいお庭仕事

「んーっ、いいお天気ね！」

木こりの経験で得た技術を余すところなく発揮したリリカは、南側の一角に日当たりの良い場所を作り上げることに成功した。おかげさまで洗濯物には心地の良い日光が当たっており、風にそよそよとはためいている。

「さて次にやることは、庭仕事ね」

リリカは庭仕事用の手袋をはめ、右手に鎌を持ち、左手にはバケツの取っ手を握っていた。バケツの中には剪定用の鋏《はさみ》や植物に与える肥料など様々なものが入っている。

この屋敷の庭は、無駄に広かった。

まあ通常の貴族の屋敷の庭に比べれば狭い部類なのだろうが、屋敷の規模を考えると広い。きっと森の中にあって土地が余っていたせいだろう。ぐるりと鉄柵で囲まれた屋敷は四方を荒れ果てた芝生に覆われている。前方には澱んだ水と枯れ葉まみれの噴水が二つ、伸び放題の雑草が枯れて見るも無惨な花壇、ベンチは座るべくもなく壊れかけており、裏庭は蔦《つた》が生い茂って足の踏み場もなかった。全体的な雰囲気としては、まさにお化け屋敷である。専属の庭師がいても整備だけで一ヵ月はかかるであろう有様《ありさま》だ。

とはいえリリカは全くと言っていいほどめげておらず、むしろやる気に満ち満ちている。自分で自分に気合を入れた。

「腕がなるわね！」

リリカはおばあちゃんから口を酸っぱくして言われていたのだ。

「屋敷をいかに綺麗に保てるかは、使用人の腕の見せ所。屋敷が荒れていると住む人の品性を疑われる。わしらの仕事ぶりはそのままご主人様の評価に繋《つな》がるんだよ」と。

ならば、この屋敷を見違えるほど美しくして、ご主人様の評判を回復して差し上げることこそがリリカの務め。

初めての住み込みの仕事、なんとしてでも成功させるんだからとリリカは息巻いていた。

まずは生垣の剪定から始めよう。

庭の周囲は鉄柵で囲われているが、閉塞感を与えないためなのか柵を隠すように生垣が配置されており、それが凄《すさ》まじい状態になっていた。

人に手入れをされずに自由奔放に育った結果、生垣は鉄柵を余裕で越えた高さにまでなり、厚みも増している。これをどうにかしないことには他も手がつけようがない。

リリカは脚立に上って生垣の剪定を開始した。

◆◇◆

燦々《さんさん》と降り注ぐ冬の陽光というのは、こんなにも暖かいのかとウィルジアは驚いた。

リリカが伐採したおかげで南側の一角に日が差し込むようになり、おかげさまで万年暗かった屋敷に光が入るようになった。ウィルジアの書斎も恩恵にあずかっている。

紙が焼けるので書斎に直射日光はご法度なのだが、しかし自然光の中で書物に向き合うのもなかなか乙なものだなと思ってしまった。こんなことを思うのは初めてだ。

ウィルジアの職場である王立図書館の大閲覧室は天井のステンドグラスから陽光が降り注いで開放的な雰囲気に満ちているのだが、ウィルジアは広々として人がたくさんいる閲覧室が苦手で、いつも目当ての本を持ってさっさと地下の書庫に引っ込んでいた。

外は大層冷えるのだろうが、屋敷にこもっていれば空気の冷たさとは無縁だ。

リリカは寒くないのだろうかと窓の外を見てみれば、何やら本日は庭仕事をしていた。

背丈の倍ほどある脚立へと上り、生垣の剪定をしている。

その仕事ぶりは「チョキチョキ」なんていう生やさしい擬音語で済まされるものではなかった。

大きな鋏を両手で駆使し、バッサバッサと容赦無く生垣を切り揃えている。迷いのない手つきで見る間に生垣が低くなり、痩せ細っていった。さながらダイエットのようだった。

「すごいな……」

ウィルジアは腰を浮かせて窓辺に顔を寄せたまま思わずそう独りごちていた。

屋敷に帰り、リリカと会ってからというもの、どうもペースを乱され続けている。

ウィルジアは基本的に人嫌いだ。王家の四男として生まれた彼は、王族にあるまじき不器用な性格をしていた。人と話すのが億劫《おっくう》で社交界に出るのが憂鬱、武器を持つのも好きではないので騎士になるという道もない。政に口を挟むほど大層な思想も持ち合わせていない。

唯一、本を読み歴史を学ぶことだけが生きがいで、ずっと本と向き合い生きてきた。

見た目の陰気さと相まってウィルジアに寄ってくる人はいなくなった。例外として同じ歴史編纂家であり友人であるジェラールだけがウィルジアと親しい。

まあそれでいいかな、とウィルジアは思っていた。

王侯貴族についてまわる結婚問題も回避できているし、余計な気遣いもしなくていい。

このまま誰も寄り付かない屋敷の中で、本に埋もれて生涯を終えるのも悪くはないだろう。二十歳にしてすでに人生の終わりまで考えているウィルジアは、八十過ぎの老人のようである。

しかしリリカの出現はウィルジアにちょっとした衝撃をもたらしていた。

彼女は何事にも全力投球しており、屋敷をどうにかするべく一人で奮闘し続けている。

「それが使用人の役目ですから！」

と明るく言う彼女は、使用人としての己の職務を全うしようとしているらしい。

いい子だなぁと思った。仕事をきちんとこなす子は好印象だ。今までの使用人が悪いとは言わないが、彼女の能力はどう考えても他を圧倒している。何せ日当たりを確保するために木まで切り倒すような使用人はなかなかいないだろう。伐採を申し出た使用人もいたにはいたが、木こりを手配するという方法を提案されたので却下していた。余計な人間を屋敷の敷地《しきち》に入れたくなかったからだ。

屋敷中の掃除や木の伐採といったダイナミックなことばかりではなく、リリカはかなり細やかな気配りにも長《た》けていた。

たとえば書斎での仕事に疲れて部屋を出て階下に向かえば、「息抜きにコーヒーはいかがでしょうか？」と笑顔で声をかけてくれるし、逆に今は話しかけて欲しくないという時には気配か何かで察するのか近づいてこない。

毎食時、「本日は新鮮な魚が手に入ったのでスライスオニオンと共にマリネにしました。是非ご賞味ください」など臨場感たっぷりにメニューについて説明してくれ、そうしたちょっとした会話をするのも楽しい。使用人との他愛もない会話が楽しいなど、初めて思った。なんならこの会話を少し楽しみにしている自分がいた。

そんなリリカの手によって庭がどう変わっていくのだろう、とウィルジアは期待した。これまで庭がどれほど荒れていようが気にもならなかったのに、不思議なものだ。

「いけない、僕も自分の仕事をしないと……っと」

作業に戻ろうと椅子に座った拍子に山積みになっていた紙束がバサバサと机から落ちて行く。

「おわっ、マズイ、あっっ!!」

慌てて落ちた紙の束を拾おうと机の下に潜ったら、机に頭をぶつけ、衝撃で載っていたインク壺《つぼ》がぐらりと揺れて落ちる。

マズイ、インクがこぼれたら、せっかく二十日も籠りきりで翻訳したものたちが台無しになる。

ウィルジアは咄嗟《とっさ》に紙束を胸に抱え込み背中を丸めた。冷たい感覚がして頭からインクが滴り落ちる。ポタポタと真っ黒な液体が視界を染め上げるも、とにかく翻訳書を守ったという事実に安堵《あんど》した。

「ふぅ……」

息をついたのも束《つか》の間《ま》、部屋は直視できないような惨状であった。散らかった紙の山、ぶちまけられたインク、割れたインク壺。屋敷の他の部屋が綺麗になっている今、この部屋の酷さが際立つ。書斎には入らないように言ってあったので、今まで一度たりとも使用人が掃除をしにきたことはない。部屋の埃が舞い上がり、ウィルジアは咽《む》せた。

「ゲホッ、ゲホッ」

と、咽せ込んでいると部屋の扉がノックされ、扉の向こうで控えめな声がかけられる。

「ウィルジア様、物音がしましたけど、大丈夫でしょうか……?」

「ゲホ……あぁ、大丈夫、だ!」

そうして扉を開けると、リリカはウィルジアの姿を見るなり大きな瞳をこれでもかと開いて仰天した。

「ウィルジア様、その姿は一体⁉」

「ちょっとインクをこぼしてしまって」

「準備しますのですぐに湯浴みをしましょう！」

有無を言わさずにリリカはウィルジアを浴室に引っ張っていき、すごい速さで湯浴みの準備を整えるとウィルジアを浴室へと押し込んだ。

頭を洗ってインクを流すと熱すぎず冷たすぎず、ちょうど良い温度の湯船に浸《つ》かる。

天井を見上げながらウィルジアはぼうっと考えた。

「大丈夫……な訳はないよな」

書斎は誰がどう贔屓目《ひいきめ》に見たって凄惨たる有様である。泥棒が入ったと言われても納得するだろう。

ウィルジアにとって書斎はどこよりも大切で神聖な場所だ。勝手に使用人に立ち入られるのが嫌で、誰にも入室許可を与えたことはない。なので掃除がされたことは一度もない。

今までであれば、インクは自分で拭き取って、作業を再開していたはずだ。

しかしリリカなら、彼女にならば立ち入り許可を与えてもいいかな、と思っていた。

リリカの腕にかかれば書斎も見違えるように綺麗になるに違いない。

「……書き溜めた翻訳を綴《つづ》って、本棚に年代順に並べて……うん、その方がいいだろう」

ウィルジアの心は決まった。

書斎整理をリリカに手伝ってもらおう。

きっとリリカは能力を遺憾なく発揮して、あの小さな部屋をピカピカにしてくれるだろう。

7 楽しい楽しい書斎整理

「書斎の整理、ですか？」

「うん。手伝って欲しいんだ」

湯浴みを終えたウィルジアに言われてリリカは目をパチクリとさせた。

庭仕事をしていたら書斎からいつもはしない物音がしたので何事なのかと様子を見に行ったら、インクを頭から被《かぶ》ったウィルジアが現れた。あまりの出来事に驚きながらもとにかく湯浴みをしてもらい、出てきたと思ったらそう頼まれた。

「ですが書斎には、入ってはいけないと……」

「今まではね。でも君の働きぶりを見ていたら考えが変わった。ぜひ、お願いしたい」

ウィルジアの表情は前髪のせいで相変わらず見えないのだが、その声音は真剣である。

書斎に入る許可を与えるくらいには、仕事ぶりを買ってくれたということだろうか。

だとすれば一生懸命に屋敷を磨いた甲斐《かい》があるというものだ。おばあちゃんの言葉が胸の中に蘇《よみがえ》る。

「使用人というのはね、ご主人様に頼られてナンボだよ。普段は誰も立ち入らせない部屋の掃除を頼まれたり、人には言えない秘密を共有したり。そうしたら使用人冥利に尽きるというものだ」

おばあちゃんは昔王宮に勤めていたらしいので、きっと王族の方々に頼りにされ、秘密を共有していたのだろう。

自分もウィルジアにとって、少しは心を開ける相手になれたのかなと思うととても嬉《うれ》しい。リリカはにこりと笑って返事をした。

「はい、喜んで」

ウィルジアの書斎はとんでもない有様だった。

インクが机の下で飛び散って黒いシミを作っており、大量の書物や紙が雑然と床にも椅子にも机の上にも置かれていて、ほぼ足の踏み場がない。

長年掃除されていなかったこの場所は、それでもウィルジアがずっと使い込んでいただけあって人の気配がし、そのせいでどの部屋よりも紙屑《かみくず》やら埃やらが落ちて散らかっていた。

部屋に佇みリリカが呆然とするのを見てとったのか、ウィルジアが言い訳をする。

「掃除しようと思っていたんだけどね、なかなか時間が取れなくて……」

「ひとまず書物を全部別の場所に運んで、部屋を綺麗にしましょう」

「うん、そうしよう」

二人で本棚からどんどん書物を抜き出し、抱えて隣の空き部屋へと運び込む。部屋が空っぽになったらリリカの本領発揮である。ウィルジアに掃除をさせるわけにはいかないので、隣室で書物の整理をしてもらっている間に素早く清掃に取り掛かる。

天井の埃を払い、絨毯のインクを拭い落とし、ごみや割れたインク壺の欠片を集めて掃き清め、カーテンを洗い、窓を拭き上げる。部屋自体は狭いので屋敷全体を綺麗にするのと比べれば軽いものだった。

「ウィルジア様、書斎の清掃が完了しました」

「ありがとう。そうしたら次は書物の整理を手伝ってくれないか」

ウィルジアは書物を手にどんどんと指示を出してくる。

「年代順に並べているんだ。創世歴から始まって、各王朝ごとに並べている。王朝はここに一覧表があるから見ながら並べて欲しい。今はまだアヴェール王朝時代について編纂しているから、この時代に差し掛かってくると製本されていないんだけど、まあとりあえずその前の時代を並べてくれないか」

「…………」

矢継ぎ早に出される指示にリリカは硬直した。どうしよう、と思った。

使用人たるものご主人様の指示には迅速に、かつ的確に動かねばならず、そしてご主人様が期待している以上の成果を出さねばならない。しかし今この瞬間、リリカはご主人様の命令に二つ返事で取り掛かることができない。だからと言って断るなどもってのほかだ。ピンチ。リリカの住み込み使用人生活で最大のピンチが訪れた。

全身からダラダラと冷や汗を流しながら、リリカは「はい」とも「いいえ」とも言えずに立ち尽くしていた。流石に変だと思ったウィルジアが問いかけてくる。

「どうしたんだい？」

もはやこれまでだ。誤魔化しようがないだろう。

リリカはその場に膝をつき、がばっと頭を下げ、勢いよく謝罪の言葉を口にした。

「……申し訳ありません、ウィルジア様！　実は私……文字が読めないんです！」

「え……」

ウィルジアは持っていた本を思わず取り落とした。

◆◇◆

文字が読めない、と言われた時、ウィルジアはちょっと理解が追いつかなかった。

もちろん市井《しせい》に暮らす人々の大部分はまともに文字を読めないという話は耳にしたことがある。しかし結局のところ、王位継承権を放棄させられたとはいえ王族であり、幼少期より上流階級の人々に囲まれて暮らしていた自分にとってそれは「噂」レベルにしか過ぎず、どこか別世界の話のように聞いていた。

だからリリカがこんな自分のところに仕事にやってきた、おそらく訳ありに違いない使用人であるにもかかわらず、当然文字が読めると思い込んでいた。疑いもしなかった。

まさか、リリカが読み書きできないとは。

これまでの数々の仕事ぶりを見るにつけ、全てをそつなく、いやこちらの想定をはるかに上回って天元突破する勢いでやってのけたリリカが、読み書きができない。

突きつけられた事実にウィルジアは戸惑いを禁じ得なかった。

ウィルジアの無言に何を思ったのか、リリカは顔を上げた。

「本当に申し訳ありません……歴史編纂家のウィルジア様のもとで住み込みで働くのですから、そうした技能が求められるのは至極当然で、むしろ必須事項。気が付かなかったのは、私の怠慢です。クビになっても何も言えません」

「いやいやいや、そんなことはないと思うけど」

そもそもウィルジアは使用人の雇用条件に「読み書き必須」とは書いていない。そんなものを求めるはずはなかったので当然である。

どうしたものかとウィルジアは思い、ふと一つの解決策に思い至る。

「なら、僕が君に読み書きを教えるというのはどうだろう」

「え……」

「君は覚えが早そうだから、教え甲斐がありそうだし」

「ですが、私なんかのためにご主人様のお手を煩わせるわけには……三日いただければ、王都でマスターして帰ってきます」

その提案を受け入れるのは、何だか嫌だった。

リリカは優秀なので、言った通りに三日でマスターして戻ってくるかもしれない。

しかし、どうせ教えるのであれば自分で教えたい、と思ったのはなぜだろう。

「いいよ、僕が教えるから」

「ですが……」

「王都に行くよりその方が早いだろう。それに……」

それに。リリカが屋敷からいなくなると、なんだか寂しくなる。リリカとのちょっとした日々の会話を楽しみにしているのに、それができなくなってしまう。

言おうとして気恥ずかしくなり口をつぐんだ。

結局言葉は口からは出ず、モゴモゴとした挙句に胃の中に飲み下された。

リリカは首を傾げてウィルジアの言葉を待ったが、納得したように手をポンと打った。

「あぁ、私がいなくなると、お屋敷のお仕事と身の回りのお世話が滞りますものね」

そうじゃないけど。そうじゃないけど、そうじゃない理由を言うのは勇気がいる。

ウィルジアが小さく頷《うなず》くと、リリカは再び頭を下げた。

「では、不束者ではございますが、何卒《なにとぞ》ご指導ご鞭撻《べんたつ》の程よろしくお願いいたします」

8　楽しい楽しい読み書きの時間

「まずは一文字ずつ覚えていこう。はい、これが文字の一覧表」

ウィルジアはリリカのために、わざわざ手書きの文字の一覧表を作ってくれ、表に沿って一文字ずつ発音してくれた。

「これが『アー』、次が『ベィ』、『セィ』、『ディ』……全部で二十六文字。大文字と小文字がある。書いてみよう」

「はい」

「文字を組み合わせて、いろいろな単語を作るんだ。リリカの名前はこうだね」

言いながらウィルジアは羊皮紙に『リリカ』と書いてくれた。生まれて初めて見る文字で記した自分の名前に、「わぁ」と顔が綻ぶ。こうして文字にしてみると、なんだか自分の名前がとても神聖で厳かで、特別であるように感じられた。何しろ下町では、文字を書いたり読んだりできる人なんて稀《まれ》なのだ。

「ウィルジア様の名前はどのように書くのですか？」

「僕の名前はこう」

リリカの名前の隣に流麗な文字で綴られたウィルジア・ルクレールという名前。

「素敵……流れるような文字で、でも優しげで、ご主人様にぴったりのお名前です」

「そうかな。自分の名前をそんなふうに言われたことがないから、ちょっと照れるけど」

「私も、ウィルジア様のお名前を書けるように頑張ります」

リリカはウィルジア指導の下、文字の読み書きに励んだ。リリカの集中力は凄まじい。幼少期からのおばあちゃんとの訓練により、一度見聞きしたことは忘れないという特技を身に付けたリリカは、初めて触れる文字を苦もなく覚えていく。知らないことを知るというのは純粋に楽しいし、今まで耳で聞いて覚えていたものが形になるというのも楽しかった。

あっという間に文字を覚えたリリカは、身近なものの単語を覚え、文法を習い、文章を書いていく。

三日で簡単な本なら読めるようになったリリカを見て、ウィルジアは感嘆の息を漏らした。

「リリカはすごいな。もう本を読めるようになったなんて」

「ウィルジア様の教え方が上手なおかげです」

もう書斎整理を手伝えるレベルに文字を覚えたリリカは、ウィルジアの指示に従い本を本棚へと並べながらそう答えた。

「いいや、ここまで物覚えがいい人はそうはいないよ。僕はいい使用人に巡り合った」

ボサボサの金髪の下でウィルジアが目を細め、微笑《ほほえ》んでくれる。

「私の方こそ、いいご主人様に巡り合えてよかったです。読み書きを使用人に教えてくれる方なんてそうそういないでしょうから」

いつもおばあちゃんが言っていた言葉を思い出す。

「いいかねリリカ。使用人を人とも思わないご主人様も世にはたくさんいる。ボロ雑巾のようにこきつかったり、慰み者にしたりね。そうならないように、圧倒的な力を身につけるんだよ。他から一目置かれる技量を身につければ、誰もそうそう迂闊《うかつ》には手出しができないんだ」

そうした言葉を聞くにつけ、リリカは肝に銘じたものだ。誰よりも仕事ができるようになろうと。

しかしウィルジアはリリカに無体を働いたりしないし、めちゃくちゃな命令もしてこない。良いご主人様だなと心の底から思っていた。

ウィルジアは今研究中だという、アヴェール王朝時代についての翻訳した紙の束を整えて紐で束ねていた。分厚い紙の束は、ウィルジアの研究の結晶だろう。まだこの歴史書の内容を読み解くには至らないが、そのうちに読んでみたいなと思う。

「アヴェール王朝は今から約二百五十年前に栄えた王朝なんだけど、動乱の時代でね。各地は飢饉《ききん》に見舞われ、中央の王朝は権力が失墜してほぼ機能不全、領主たちは各々の裁量で自領を経営しなければならない大変な時代だったんだ」

ウィルジアは少し黄色味がかった紙の束を慈しむように撫《な》でながら言う。

「そんな時代を経て今に繋がっているわけだけど、この頃の危機を切り抜けた人々が今の中央を担う大貴族になっている」

「へぇ……」

二百五十年前。そんな大昔の出来事さえも、書物から読み解いてしまうのか。

全く文字が読めなかったリリカにとって、ウィルジアが見ている世界というのは非常に新鮮だった。

きっとウィルジアは、こうして過去と向き合って、埋もれてしまった歴史をすくいあげてきたに違いない。それってすごいことだなぁと思う。

「……どうしたんだい？」

「いいえ、ご主人様はすごい方なんですね」

「えっ」

びっくりした声を出すウィルジアが持っていた紙の束をどさどさと取り落としたので、リリカはしゃがんでそれを拾い、それから本をしまう作業に戻った。

◆◇◆

リリカに「すごい」と言われたウィルジアは本気で驚いていた。

何せ幼少期から出来の悪さに呆《あき》れられ、失望されていたから、褒められたことなんてほとんどない。王宮では誰に会って何を話しても兄たちと比較されるか、ウィルジアの不甲斐なさを責められるかのどちらかで、ウィルジアのいい部分を見つけてくれるような人なんていなかった。

自然、ウィルジアは自信を喪失して人嫌いになり、顔を隠してうつむいて生きるようになってしまった。王宮での暮らしは息苦しく、ウィルジアの居場所なんてどこにもなかった。

誰とも話さず、本と向き合い、静かに生きていたい。

だから王位継承権を放棄して森の中の屋敷を貰《もら》った時にはホッとしたものだ。

以来ずっと、屋敷と王立図書館を行き来するだけの生活を送っている。これでいいと思っていたし、この生活を死ぬまでずっと続けたいと思っていた。

……けれど。

ウィルジアはせっせと本をしまうリリカの横顔を、伸び放題の前髪の隙間からじっと窺《うかが》う。

リリカはウィルジアを否定しない。

荒れ果てた屋敷を見違えるように綺麗にし、薄汚れた格好のウィルジアを嫌な顔ひとつせずに出迎え、そしてウィルジアの話を真剣に聞いてから「すごい方」だと称した。

そんな人は初めてだった。

ウィルジアの数多《あまた》ある良くない部分を否定するのではなく、いい部分を見つけて称賛してくれるリリカに、ウィルジアは動揺を隠せない。

「……君は僕を見て、根暗とか陰気とか出来が悪いとか思わないのかい」

思わずそんなふうに聞いてしまい、リリカの作業の手が止まった。

瑠璃色の大きな瞳をぱちぱちと瞬《まばた》かせた後、はっきりと首を横に振る。

「いいえ。ウィルジア様は無茶苦茶な命令をなさいませんし、それどころか使用人の私に文字まで教えてくださる、とってもいいご主人様だと思います」

「いい主人……」

「はい！　私はウィルジア様の下で働けて、幸せです！」

「そうか……」

リリカが非常にいい笑みを浮かべて断言したので、ウィルジアはなんだか安堵した。

いい主人。そんなふうに言われたことなんて、今までになかった。今まで雇った使用人たちは誰も彼もが半年持たずに辞めていってしまっていたし、自分なんてそんなものだろうなと思っていた。誰かに好かれるなど期待すらしていなかった。けれども。

（リリカは、違うのかもしれない）

リリカはウィルジアを否定せず、そのままでいいのだと受け入れてくれている気がした。同じ歴史編纂家である仕事仲間以外に、ありのままのウィルジアを受け入れてくれる存在は初めてだ。

ウィルジアは自分の口元が綻んでいるのに気がつき、思わず口元を手で覆う。

リリカがやってきて、ウィルジアは以前よりも生活を楽しんでいる自分に気がついた。

予想のつかないリリカの行動には驚かされっぱなしだが、不思議と嫌ではなかった。

むしろ、次はどんなことをするのだろうと少しワクワクしている気持ちもある。

他人に興味が持てず、書物にかじりついているのが何よりも好きな己であったはずなのに、この心境の変化はどうしたことだろう。

この穏やかな時間が続けばいいな、とウィルジアは思い、リリカも同じ気持ちであればいいなと思った。

9 ウィルジアの劇的な大変身

「んなぁっ⁉」

それは、ある日のこと。

リリカが読み書きをすっかりマスターした時分のことだ。

リリカはウィルジアに届けられた一通の手紙を見て、驚きの声を上げた。

上質な羊皮紙の封筒に王家の封蠟《ふうろう》が押してある手紙は、新年の幕開けを祝う王家主催の夜会への招待状であった。

ちょうど小休憩のために書斎から出てきたウィルジアにコーヒーと茶菓子を出すと、リリカは言った。

「ウィルジア様、大変です」

「ん……なんだい、どうしたんだ」

「こちらの封筒をご覧ください。王家からウィルジア様宛に、夜会への招待状が届いております！」

「あぁ……」

ウィルジアは慌てふためくリリカとは対照的に、至極冷静な手つきで手紙を受け取り、封蠟をペリペリと剝がすと中身を確認した。そして手紙をポイとゴミ箱に投げ捨て、何事もなかったかのようにコーヒーを啜《すす》る。

「⁉　何をなさるんですか⁉」

「いやぁ、毎年毎年来るんだけど、まあ僕はチラッと顔を見せたら後は特に何もせずに壁際で佇んでいるだけだから……どうせ僕に話しかけてくる物好きもいないし。適当に行って適当に済ませてくるよ」

「お召し物のご用意をしませんと」

「クローゼットに一着、正装が入っていただろう」

リリカは即座に思い出せなかった。正装など入っていただろうか。衣服に関して全て把握していたと思っていたが、見落としがあったのかもしれない。

首をひねるリリカに、ウィルジアはこともなげに衝撃的な発言をした。

「一番奥に押し込められている、黒のやつ」

「え……えぇ⁉　あれですか⁉」

「そう。毎年あれを着てるから、今年もあれでいいよ」

「いえいえいえ、あれはちょっと……！」

二人が「あれ」呼ばわりする服は、リリカをしてかばいようがないほどの代物である。一体いつの時代のものですか？　と言いたくなるような古臭いデザイン、正装にあるまじき着古してくたっとした生地、ずっとクローゼットに仕舞い込んであった故にかび臭いそれは、本来ならば捨ててしまいたいようなものである。さすがに主人の服を勝手に捨てるわけにもいかず、「きっと思い出の詰まった服に違いない」と自分自身を納得させてそうっとクローゼットの隅に仕舞い込んでおいた。

「まさか、あれを去年までお召しになっていたなんて……」

「今年も着るよ」

「ダメですっ‼」

ウィルジアの発言をリリカは力一杯却下した。そんなにも全否定されると思っていなかったウィルジアは、びくりとしてコーヒーを持ち上げていた手を止めた。

「え……何がダメなんだい」

「何がと言われますと、具体的に挙げることは非常に難しいのですが、とにかく全てにおいてダメです！」

「僕が何を着ていようが、周囲の人間は気にもとめないよ」

「私が気にします！」

とうとうリリカは机に掌《てのひら》を打ち付けて叫んだ。あまりの力の入りように、ウィルジアは呆然としている。

「一体どうした、何をそんなに怒っているんだい？」

この胸の内にたぎる感情を、どう言語化すれば良いものか。リリカはひとまず落ち着くために、深呼吸をした。肺に新鮮な空気を送り込み、吐き出す。徐々に落ち着いてきたところで、リリカは説明をした。

「私は、お屋敷に来てウィルジア様の素晴らしさを知りました。決して使用人をないがしろにせず、それどころか読み書きまで教えてくださって。ウィルジア様は周囲に誤解されております。根暗で、陰気で、変わり者だともっぱらの噂になっていますよ」

「そりゃまあ、その噂通りだと思うよ。僕を良く言ってくれるのはリリカだけだ」

「いいえ、ウィルジア様」

リリカはキッパリと首を横に振った。

「ウィルジア様が誤解されている原因の一つは、その見た目です」

「見た目……」

「そうです。人は見た目が大切という話もあるように、まずは身なりを整えることこそが重要です。髪を整え、無精髭《ぶしょうひげ》を剃《そ》り、流行に即しつつウィルジア様の優しい雰囲気に合う服装を身につければ、誰もご主人様を馬鹿にはしません」

「でも僕は、ずっとこの髪型で生きてきたしなぁ」

言いながらウィルジアは鼻頭まで届く長いボサボサの金髪をいじった。

「ならばちょうどいいではありませんか。この機に切ってしまいましょう。イメージチェンジです！　リリカが切って差し上げます！」

ここがチャンスだとばかりにリリカは言った。何せウィルジアの鬱陶しい髪の毛は前々から切ってしまいたいと思っていたのだ。

少したじろぐウィルジアはなおも言い募る。

「髪は君がなんとかするにしても、服はどうするんだ？　今から仕立て屋に行っても、夜会までに仕上がるとは思えない」

「大丈夫です、私にお任せください。採寸さえすれば、ウィルジア様にぴったりの服をお作りできます」

「服まで作れるんだ⁉」

「作れます」

「そうか……」

ウィルジアはそれ以上深追いせず、黙り込んだ。

無言を肯定と捉えたリリカはにこりと微笑む。

ウィルジア大変身計画が始まった。

「まずは散髪です！　髪を切りましょう！」

「なんでそんなに張り切ってるんだ……」

リリカはウィルジアを大きな鏡の前に座らせ、首から下を布で覆った。鋏を持つリリカのイキイキとした表情が鏡に映っている。

「ずっとお切りして差し上げたかったんですよ、この前髪を！　一体この前髪の下にはどんなお顔が隠れているのか、お仕えしてからずっと気になって気になって仕方がなかったのです。では、切っていきますよ」

リリカは言いながら、ウィルジアの髪を切っていく。

屋敷で働くようになってから、「ウィルジア様に似合う髪型はどんなだろうか」と考えない日はなかった。それほどまでにウィルジアの髪はモサく、鬱陶しい有様だった。

触ってみてわかったのだが、細い毛は柔らかくクセがない。しかし量が結構多いので、放置するとモサモサになるのだろう。こまめに手入れをすれば大丈夫だ。滅多にお目にかかれない見事なまでの金髪は、整えれば美しくなるのが目に見えている。

そうしてリリカの手によって切り揃えられた髪の下から出てきたのは――目を見張るような美貌の青年だった。

緑色の澄んだ瞳は宝石のようにきらきらとしており、髪と同じ金色のまつ毛は程よく長い。鼻の形もいい。恐ろしいほど顔立ちが整っている。

誰もが振り返るであろう美貌を白日の下に晒《さら》したウィルジアは、前髪をいじりながら眉尻を下げ、その整った顔立ちに困惑の表情を浮かべた。

「スカスカする……切りすぎじゃないか？」

「そんなことありませんよ、これでちょうどいいです。ウィルジア様、こんな素敵なお顔立ちでいらっしゃったんですね……！　隠すなんて勿体無い！」

「そうかな。別に誰にも褒められたことないけど」

「そりゃ、あれだけ長い前髪で隠していたら、誰も素顔なんてお目にかかれませんよ」

「スースーする」

なおも前髪をいじり、なんとか顔を隠そうと奮闘するウィルジア。無駄な努力である。リリカによって完璧に整えられた前髪は長すぎず短すぎず絶妙な長さになっており、どれだけ引っ張ったところでもうウィルジアの顔を隠すことなどできない。

ウィルジアが前髪を引っ張り続けている間に、リリカは素早く切った髪を回収して片付けると、今度は巻尺を持ってきた。

「さぁ、次は服を仕立てるために採寸です！」

ウィルジアを立たせると全身をくまなく測ってゆく。

「ウィルジア様はどんなお色がお好みですか？」

「うーん、地味で目立たない色かな。悪目立ちしたくないし」

「それは好みと呼べるのでしょうか……」

採寸しながらチラリと見上げると、髪を切ったおかげで麗しい顔立ちを余すところなく拝見できた。眼福である。

「では僭越ながら、私の方でウィルジア様に似合う服を勝手に仕立ててしまいますが、よろしいでしょうか」

「うん。構わないよ」

ウィルジアは心底興味なさげに頷く。言質はとった。これで文句は言わせない。

リリカは巻尺をくるくる巻き取ると、「楽しみにしていてくださいね」とにっこり笑って言った。ウィルジアの顔は、若干引《ひ》き攣《つ》っていた。

夜会までそうそう日にちがない。

リリカはやるべき屋敷での業務を終わらせると、さっさと王都へと向かった。

布地を扱っている店へと入り、選ぶ。ご主人様に似合うのはどんな色みだろうかと考えた。

白い肌、華奢《きゃしゃ》な体つきにすらっと長い手足。柔らかな金髪に隠されていた緑色の澄んだ瞳を思い出し、あの完璧な王子様然とした顔立ちに似合うのは白しかあり得んだろうと結論づける。

しかし問題は、ウィルジアが白い服を好むかどうかという点だ。

ウィルジアの私服は大体が黒か茶色。シャツは白も持っているが、上から真っ黒いローブを着てしまうので微妙なところである。

上下共に白で仕立て上げたら、きっと「落ち着かない」と言われてしまうに違いない。

ならば本人が好き好んで着ている黒にしよう。

暗くなりすぎないように銀色の糸で刺繍を施して、下に白いシャツを合わせればどうだ。

（うんうん、我ながらいいアイデア！）

リリカは脳内でデザイン画を描き上げると、必要な生地と糸と飾りボタン諸々を購入して屋敷へと帰った。

リリカの裁縫技術はちょっとしたものである。本人は気がついていないが、王都で仕立て屋の一軒でも経営できるほどの腕前であった。繕い物ができるように、というおばあちゃんの計らいで始めたのだが、いつの間にやらおばあちゃんのハードルは上がりに上がっており、「ご主人様一家の衣服を全て仕立てられるように」との目標をクリアするべくリリカは頑張った。

頑張った結果、男女どちらの正装すらも仕立てられるレベルになっている。

リリカは空いた時間の全てを使ってウィルジアのための衣服を作った。

型をとり、仮縫いをしてからサイズを合わせ、足踏みミシンを自在に使いこなし、きちんと縫い合わせてから刺繍を施してゆく。わずか三日で仕上げた正装は、一流の仕立て屋が作ったものと変わらぬほどの出来栄えであり、誰が見ても使用人がたった一人で作ったとは思えない代物になっていた。

そうして夜会当日に出来上がったばかりの正装に袖を通し、髪型を完璧に整えられたウィルジアはまごうことなき王族の風格をその身に纏《まと》っていた――眉尻を下げた情けない表情さえ見せなければ。

「ウィルジア様、よくお似合いです！」

「そうかなぁ……落ち着かないんだけど。ていうか服、本当に作ったんだね……リリカはすごいな」

まじまじと鏡に映る自分の姿を見つめつつウィルジアは言う。変わった自分に驚いていると言うより、ここまで自分を変えてしまったリリカの腕前に驚いているようだった。

「では、ここまで私が頑張ったんですから、ウィルジア様ももうひと頑張りですよ」

「何をすればいいんだろう」

「まずは姿勢です。シャキンと立ちましょう」

万年机に向かっているウィルジアは猫背が癖になってしまっている。これを伸ばすところから始めなければ、いくら衣装が似合っていたって台無しだ。

「次に表情です。キリッとした顔を作ってください」

「こうかな」

ウィルジアはリリカに言われた通り、キリリとした表情をした。

「そうです。それで、おどおどしないで堂々と振る舞ってください。それができればバッチリです。夜会ではきっと、注目の的になりますよ！」

「注目されたくはないけど……君が服まで作ってくれたんだ、恥を晒さないように頑張ってくるよ」

「はい！　では、行ってらっしゃいませ！」

夜会に出かける主人を見送るべく、門前までお供をする。ウィルジアは表に待たせてあった馬車に乗り込むと、颯爽《さっそう》と王宮に向かって去って行った。

なお御者は、出てきたウィルジアのあまりに噂とはかけ離れた風貌に驚いて二度見していた。

「はーっ、ご主人様、楽しめるといいなぁ！」

◆◇◆

馬車の中でウィルジアは、暗くなった窓に映った自分の姿を見て非常に落ち着かない気持ちでいた。

リリカの手によって整えられた自分は、もはや別人だった。万年伸ばしていた前髪がすっきりと短く切り揃えられ、剃刀《かみそり》を当てられて無精髭を剃られ、夜会用に髪型をセットされ、仕立てられたばかりの煌びやかな正装を身に纏っている。

鏡代わりの窓をまじまじと見つめた。

「僕ってこんな顔してたっけ」

前髪で隠していた上にあまり鏡を見ないので、自分の顔をちゃんと見るのはかなり久しぶりだった。こうして髪を上げた状態だと、全く隠すものが何もなく顔のパーツ全てがくっきりと見える。

そしてウィルジアは思った。

「なんだか父上に似てる……嫌だなぁ」

ウィルジアの両親は稀代《きたい》の美男美女として知られている。聡明《そうめい》で理知的な国王とそれを支えるたおやかな王妃の二人は、顔立ちの良さも相まって国民の間で非常に人気が高いらしい。

そんな二人の間に生まれた息子たちも二人の美貌を受け継いでいるばかりかそれぞれに才能を発揮し、国の未来は安泰だと口々に言われている、とウィルジアはよく耳にしていた。

(まあ、評判がいいのは僕を除いた三人の兄だけど)

ウィルジアに関するいい噂など人々の口の端にのぼらないだろう。しかしこうやって髪を上げて顔を晒すと、自分も父の血を受け継いでいるのだなとまざまざと思い知らされる。あまりいい気はしない。ウィルジアは窓から目を離してうつむいた。

（挨拶だけ済ませたらいつもみたいに壁際に引っ込んでいよう……いや）

リリカに言われたことを思い出したウィルジアは、拳をぎゅっと握った。

『ここまで私が頑張ったんですから、ウィルジア様ももうひと頑張りですよ』

（そうだ。リリカがこうまで僕を変えてくれたんだから、僕もそれに応えないと）

ありのままのウィルジアを受け入れてくれるリリカ。彼女はウィルジアの良さを他の人にもわかってもらいたいという一心で、ウィルジアの見た目をここまで整えてくれたのだ。

ならばその思いに、自分も応えなければ。

やがて馬車が王宮前に停《と》まると、ウィルジアは扉を開けて外に出た。

ウィルジアは顔をあげ、姿勢を正して表情を整える。

（背筋を伸ばしてキリッとした表情を作る。猫背にならない、うつむかない）

そうして夜会の会場である大広間へと行けば——そこは煌びやかなシャンデリアの灯《あか》りに包まれた、絢爛豪華《けんらんごうか》な場所だった。

ウィルジアはこうした社交界の雰囲気が苦手だ。

たくさんいる着飾った貴族たちは王子であるウィルジアに表面上媚《こ》びへつらっていても、内心では無能な王子と見下しているに違いなかったし、まだ子供だったウィルジアに「うちの娘を婚約相手にどうでしょう」と言って無理やり引き合わせてきたりした。その令嬢たちもウィルジア自身を好きなわけでは当然なく、「アシュベル王国の末王子」という肩書きのみで擦り寄ってきているのが分かりきっていた。

無理やり引きずり出されていた頃は嫌で嫌で仕方がなく、公爵位になってからも嫌々来ているのに変わりはない。ならば行かなければいいのだが、この夜会だけはどうしても行かざるを得ない。

年に一度、アシュベル王国の新年の訪れを祝う夜会。これには国中の貴族が集うため、一応王族の末席であるウィルジアも出席せざるを得ないのだ。

そのかわり他の行事にはほぼ顔を出さずに済んでいるので、まあ一年に一度くらいは我慢しようと渋々出ているという状況だ。

しかし今日のウィルジアは一味違う。常日頃床ばかりを見ている視線をまっすぐ前に向け、人目を憚るようにコソコソと移動するのをやめて堂々と大広間内を闊歩《かっぽ》する。

人々の視線が自分に集中しているのを感じる。

ある中年貴族は目を見開き、あるご婦人はハッと息を呑《の》み、ある令嬢は頬を染めて潤んだ瞳でウィルジアを見つめていた。

(おどおどしない、堂々と振る舞う。リリカの頑張りを無駄にするわけにはいかない)

数々の突き刺さる視線をものともせず、ウィルジアはリリカの教えを頭の中で繰り返し、ひたすら前だけを見つめて歩き、大広間を横切った。目指すは最奥にいる王家の人々——つまりウィルジアの家族が集う場所だ。

ウィルジアの家族は、ウィルジアを見て明らかに驚いていた。父も母も固まっているし、兄三人は口を開けてポカンとしている。

ウィルジアは家族の前で立ち止まると、なるべく優雅に見えるように微笑み、口を開いた。

「お久しぶりです、父上、母上、それに兄上たち」

今宵《こよい》、新年の訪れを祝う夜会は、美貌の王子の出現にかつてない大騒ぎとなった。

◆◇◆

「お帰りなさいませ、ウィルジア様！」

「ただいま……まだ起きていたんだ」

「馬車の音がしたので、湯浴みのご用意をと思い」

「起こしてごめん」

「いいえ、とんでもございません。ウィルジア様を出迎えるのが私の仕事ですから」

明け方近くに帰ってきたウィルジアはげっそりとやつれ果てた様子だった。精魂尽き果てたといった様子のウィルジアから正装の上着を受け取ると、リリカはいそいそと尋ねる。

「夜会はいかがでございましたか？」

「なんかもみくちゃにされた……王位継承権を放棄した時から僕の所になんて誰も来なかったのに、急に掌を返したように人がいっぱい寄ってきた」

「左様でございましたか。お疲れ様でございます」

あまり楽しめたようではないが、ともあれウィルジアの良さは皆に伝わったようだ。

今のウィルジアの完璧な容姿は、誰がどう見たってまごうことなき一国の王子である。それを知らしめただけでも良しとしよう。

「ひとまず湯浴みになさいますか？」

「うん、そうする。ありがとう」

湯浴みを済ませたウィルジアは寝室に向かうとあっという間にベッドに突っ伏して寝てしまった。

昼近くに起きてきたウィルジアに聞いたところ、どうやら登場するなりウィルジアのあまりに普段の様子とは変わった姿に皆が驚き、家族には「何があったんだ」と詰め寄られ、令嬢たちからは「ウィルジア様とぜひ一度お話ししてみたかったのです」と囲まれてダンスの相手をせがまれたということだった。ちなみにウィルジアはダンスが苦手なため、全て断ったらしいのだが、断るのに相当苦労したらしい。

「何はともあれ、ウィルジア様の素晴らしさが皆様にわかっていただけたようで何よりです！」

「そうかなぁ、ただただ上辺だけしか見られていなかったようだけど」

「何をおっしゃいますか。外見も含めてのウィルジア様の魅力ですよ」

「そうかな……」

相変わらず短い前髪が落ち着かないのか髪に手をやるウィルジアは、ふとリリカを見た。

「君もかい？」

「はい？」

「君も僕の顔を見て、いいと思った？」

なんとなく疑わしげな目つきをしているウィルジアに、リリカは微笑みながら告げた。

「私はご主人様がどんなお顔でも好きですけど、他の人にご主人様が褒められると嬉しいですし、誇りに思います」

「そうか……うん。リリカがそう言うなら、いっか」

ウィルジアは前髪を引っ張りながら、納得したように頷いた。

10　お化け屋敷・アゲイン

夜会が終わり、屋敷に日常が戻ったある日のこと。

ウィルジアは書斎にこもったり職場である王都の王立図書館に行ったりとそれなりに忙しい日々を送っており、リリカもウィルジアを支えながら使用人生活を送っていた。

しかしそんな平和な日々は、ウィルジアの悲痛な叫びによってあっという間に破られた。

「大変だっ、リリカ！」

「いかがしました？」

職場から帰ってきたウィルジアはいつになく慌てふためいている。

バタバタと玄関ホールに入ってきたウィルジアは、勢いそのままにリリカの肩を掴むと、すっかり短くなった前髪から覗く緑色の瞳でこちらを見下ろし、心底困惑した表情を浮かべていた。

「ぼ、僕に縁談が持ち上がった！」

「縁談ですか。おめでとうございます」

「ちっともめでたくなんかないんだよ！」

「どうしてですか？」

リリカが問いかけると、ウィルジアは理由を話し始める。

そのご令嬢というのは、先日の夜会でのウィルジアを見て一目惚《ひとめぼ》れをしたらしい。

確かにそういう人がいてもおかしくない。あの日のウィルジアは銀糸の刺繍を施した黒の正装を着こなし、金髪を後ろに撫で付け、いつもモサモサの前髪で隠れていた美貌を衆目の下に晒したのだ。野暮ったさのかけらもないウィルジアを見て、年頃の令嬢が一目で恋に落ちる——あまりにも容易にリリカにはその光景が想像できた。

ウィルジアは釣り書きを黙ってリリカに差し出した。見ると令嬢は十六歳、公爵家の出自で見目麗しく愛くるしい顔立ちである。釣り書きから目を離すと、リリカは再び祝いの言葉を口にした。

「おめでたいことではありませんか」

「いやだから、僕はそういう人間が好きじゃない」

ウィルジアは憮然《ぶぜん》とした顔をしていた。そして胸の内を語った。

この世は嘘《うそ》に塗《まみ》れている。

生まれながらに王子であるウィルジアは嫌というほど人間の裏表を見てきた。

王族である己に擦り寄り、利益を得ようとする連中。ウィルジアが期待されているほどの才能がないと知った時の、周囲の失望。陰では罵り蔑みながらも、媚びへつらい愛想笑いを浮かべてくる人々。

そうしたものにはうんざりだった。

そして不幸なことに、この令嬢というのはウィルジアが最も苦手とするタイプの人間だ。

「このご令嬢は昔、王宮ですれ違った僕を見て『大きなコウモリみたい』って言ったんだ。そんな陰口を叩くような人が、僕の顔を見て掌を返してきても好きになんてなれるわけがないだろう」

どうやらだいぶ人間不信らしい。ウィルジアは大きく肩を落とし、ため息をついた。

「しかし、よりによって公爵令嬢……下手な断り方は出来ないな」

短くなった金髪をぐしゃぐしゃとかきむしりながらウィルジアは煩悶《はんもん》していた。

「つまりウィルジア様は、この公爵令嬢様との縁談を円満に破談にしたいんですよね」

「うん」

「であれば私にお任せください」

リリカは力強く請け負った。ウィルジアは髪型を乱しに乱していた手を止め、半信半疑といった目つきでリリカを見る。

「出来るのかい？」

「はい。結構簡単だと思います。私がウィルジア様の美貌を衆目の下に晒してしまったせいでこのような事態を引き起こしてしまったので、責任を持って幕引きさせていただきます」

「まあ、リリカのせいだと思ってはないけど……」

「いいえ、私の責任です。私が屋敷に来なければ、ウィルジア様は素顔を見せることもなく、平穏無事な生活を送り続けていたに違いありません。ともすればご主人様の平和を破ったのは、ひとえに私のせいです」

そうしてリリカは、何か言いたげな顔をしているウィルジアに向かって使用人服の上から胸をドンと叩いた。

「お任せください、私が円満に縁談を取り下げさせてみせますので」

「う、うん」

またしても勢いに押されたウィルジアは、ただただ首を縦に振ったのだった。

◆◇◆

公爵令嬢エリザベスは、馬車の中でソワソワとしていた。

本日はウィルジアに呼ばれて彼の屋敷へとお邪魔する日である。

エリザベスは婚活戦士である。数々の夜会やパーティに出かけては素敵な殿方がいないかしらと目を光らせ、あら素敵な方ねと思えば、相手から話しかけてもらえるようさりげなくアピールする。

しかしエリザベスのお眼鏡に適《かな》うような人物は、なかなか現れない。

そんなに高望みはしていないと思う。

エリザベスはただ、自分と同等かそれ以上の爵位を持つ、三十歳未満で、見目が整っており、賢く、将来有望な殿方を探していただけだ。幸せな結婚を望む女性からすれば、これって普通のことだろう。

だが悲しいかな、エリザベスは公爵令嬢。

彼女と同等もしくはそれ以上の爵位を持つ人物というのは非常に限られており、加えてエリザベスが挙げる婚活絶対条件をクリアする人物など、片手の指で数えられるほどしか存在しない。

エリザベスは舞踏会に出席するたびに、落胆する気持ちを抑えられずにいた。

あぁ、私の理想とする方は、一体どこにいらっしゃるのかしら。

両親だって、エリザベスのわがままにそんなに付き合ってはくれない。タイムリミットはあと半年、それまでに運命の人を見つけない限り、親の用意した相手と結婚することになる。

エリザベスは焦っていた。

そんな時出会ったのが、先日開かれた王宮での夜会にいた、美貌の青年である。

短く切られた金髪の下から覗く、美しい緑色の瞳。

仕立ての良い黒い正装は青年のよさを五百パーセント引き出しており、立ち居振る舞いには育ちの良い者特有の優雅さが感じられる。

一体彼はどこの誰なのかしら。エリザベスは胸の高鳴りが抑えられなかった。

大広間中の視線を一身に浴びつつも全く臆することなく堂々と歩くその青年は、まっすぐに王家の人々が集う最奥の一角へと赴き、そしてよく通る声で言った。

「お久しぶりです、父上、母上、それに兄上たち」

なんということでしょう。

まさかの、アシュベル王国四番目の王子様であるではありませんか！

今となっては王位継承権を放棄して公爵位に落ちているという話を耳にしたことがあるが、そんなことは些細《ささい》な違いだ。

兎にも角にもエリザベスは、舞踏会に参加すること三百回目にして、ようやく理想とする男性に出会えたのだ！

エリザベスは盛り上がった。

そりゃあもう、俄然《がぜん》張り切った。これは運命だと勝手に決め、彼と自分は結ばれるべきなのだと思い込んだ。公爵令嬢エリザベスは、深窓のお嬢様のため、思い込んだら一直線となる傾向がある。

家の力を存分に使ったエリザベスは、ウィルジアとの縁談まで話を進めたのだ。

そして今日のこの、屋敷への招待。

エリザベスの胸は高鳴った。

（きっとウィルジア様も、わたくしとゆっくり喋《しゃべ》りたいと思っていたのだわ。そうに違いないわ！）

あの舞踏会でエリザベスの美しさに目を奪われ、しかし人の多さゆえになかなか話もできず、煩悶していたに違いない。

そこにきての縁談話、ウィルジアとしても願ったり叶《かな》ったりなのだろう。

エリザベスの心は浮き立っていて、もはや一足飛びに新婚生活を夢見ていた。

（噂では随分と変わった方で、屋敷もおぞましいものだという話ですけど、きっと誤解ですわ。あんなに素敵な殿方なんですもの、素敵な住まいに決まっている）

エリザベスはもはや、自分の都合のいいように噂話のあれこれを超解釈していた。

ウィルジアが、かつて自分が陰で「まあ、大きなコウモリみたいな方ね」と言った人物だということすら、綺麗さっぱりと忘れ去っていた。ちなみにこの時のエリザベスに悪気があったのかといえば、そうではない。彼女は思ったことをそのまま口にしてしまっていただけだし、本人に聞かれていたことなど知りもしない。

あの時のウィルジアは王宮内でもいつも着ている黒いローブを羽織り、しかも人と目を合わせたくない一心で鬱々とした
オーラを撒《ま》き散らしながらうつむいて床ばかりを見ていたし、本当に誰がどう贔屓目に見ても「大きなコウモリ」そのものだったのだ。ウィルジアを良く言う者など、それこそ存在しなかった。

そんなわけで、期待に胸を膨らませまくるエリザベスを乗せた馬車がウィルジアの住まうルクレール邸の前で停まった。馬車を降りるエリザベス。そして前を見るや否や――短く「ひっ」と息を呑んだ。

屋敷は、見るも無惨に荒れ果てていた。

前庭は噴水が横倒しに倒され、生垣がめちゃくちゃに切られて歪《ゆが》んでいる。屋敷を囲む背の高い針葉樹が、陽の光を通さずに屋敷に不気味な影を落としていた。窓は曇っており、一部割れている部分さえもあった。ギャアギャアとカラスの鳴き声が聞こえ、それがまた屋敷の雰囲気とマッチして不穏な印象を与えている。

「いらっしゃいませ、お待ちしておりました」

「ひっ！」

エリザベスが呆然と屋敷の外観を眺めていると、鉄の扉がギィギィ錆《さ》びた音を立てて開き、一人の使用人が出てきた。

ボサボサの髪に薄汚れた使用人服を着た彼女は、この屋敷にぴったりの陰鬱な雰囲気を撒き散らしながら、ニタリと不気味な笑みを浮かべる。

「ご主人様がお待ちです、どうぞ」

鉄扉の向こうに誘導する使用人に従い、なんとか足を動かすエリザベス。

（まだ、まだわからないわ。もしかしたらお屋敷の中は、とっても素敵かもしれないもの！）

ことここに及んで、エリザベスはポジティブ思考であった。

そしてたどり着いた玄関の扉が開かれる。

玄関ホールは、昼とも思えぬほどに薄暗かった。

どことなくすえたような、カビ臭さが漂う玄関ホールに足を踏み入れたエリザベスを待ち構えていたのは――ウィルジア・ルクレールその人である。

今日のウィルジアは、くたびれてボロボロのローブを身にまとい、その手に一本の蠟燭を握っている。

その蠟燭が薄暗い玄関の唯一の光源となり、ウィルジアの顔を不気味に照らし出す。

「やあ、エリザベス嬢。お待ちしていました」

ウィルジアは抑揚のない声でそう言うと、ニタリと笑った。屋敷の陰鬱な雰囲気にぴったりの、陰気な笑顔だった。

エリザベスはもう、我慢がならなかった。

「ひっ、ひ、ひいいい……！　お、お化け屋敷！　お化け屋敷ですわ‼」

一分たりともこの場に留まっていることが耐えられず、くるっと踵《きびす》を返し、脱兎《だっと》の如《ごと》く走り去った。慌てて馬車に乗り込んだエリザベスは、扉をバンっと閉めて、早く馬車を出すように御者に命じる。

「まさか、噂は本当だったのですね、あのようなお屋敷に住んでいらっしゃったなんて、信じられませんわ」

あの舞踏会で見たウィルジアの姿は、夢幻だったのだろうか。

エリザベスは一目散に自邸に向かって馬車を走らせ、両親にいかにウィルジアの屋敷が恐ろしい場所であったのかを涙ながらに訴えた。

娘に甘すぎる両親は、エリザベスのただならぬ様子に慄《おのの》き、縁談を考え直すべきだと言う結論に至った。

後日、この縁談を破談にしたい旨が使者からルクレール邸へと届けられ、その願いは即座に聞き届けられ、エリザベスの一家はほっと胸を撫で下ろしたのだった。

◆◇◆

「よかったですねえ、ウィルジア様」

縁談を白紙に戻したい旨の手紙をもらい、それに速攻で了承の返事を書いて出した後、リリカは言った。

ウィルジアは疲れたかのようにぐったりと椅子の背もたれに体を預け、姿勢悪くテーブルを見つめている。リリカはテーブルの上に、そっとコーヒーを置いた。

「うん。リリカのおかげだよ。まさかこんな方法で縁談を無かったことにするとは思わなかったけど」

こんな方法とは言わずもがな、屋敷を元の荒れ放題の状態に戻したことだ。

リリカの手腕は見るも鮮やかだった。

せっかく自分で綺麗にした庭に枯れ葉をばら撒き、切り揃えた生垣をわざと不恰好《ぶかっこう》な状態にし、磨き上げた窓に汚れをなすりつけ、一部分は割れたように見える加工までした。

するとリリカは眉尻を下げ、至極残念そうな表情を作る。

「でも、玄関ホールでお帰りになられてしまったのは残念でした。せっかくなので食堂まで足をお運びいただきたかったのですが……渾身《こんしん》の装飾を施したのに、無駄になってしまいました」

リリカがプロデュースした食堂は、かなりおどろおどろしい雰囲気に包まれていた。

趣味の悪い紫色のカーテン、漆黒のシャンデリア、暖炉の炎は一体どういう仕掛けを施したのか、緑色に燃え盛っていた。

玄関ホールであの反応だ。食堂まで足を運んでいたのなら、きっと卒倒していただろう。来なくてよかったんじゃないかな、とウィルジアは思った。

ちなみに今は屋敷はすっかり綺麗になっており、リリカが整えてくれた状態を取り戻している。この万能な使用人の腕前は全く一体どうなっているのだろうと、ウィルジアは思った。

「とにかくこれで、円満解決ですね！　よかったですね！」

「うん。君のおかげだ、ありがとう」

「いえいえ、私は使用人としての役目を果たしただけですので。もしもご主人様のお心を射止めた方がいらしたら、その時は誠心誠意尽くさせていただきますので、ご安心ください！」

「そんな人、現れるかなぁ」

「いつかきっと現れますよ！」

ウィルジアはリリカが淹れてくれたコーヒーを啜りながら、ちらりと横顔を盗み見る。リリカはニコニコと笑みを浮かべながら、銀色のトレーを持って立っていた。

（少なくとも、今、一番気になる人は……）

ウィルジアはブンブン頭を振って、その先の考えは打ち消した。

「とりあえず、まだまだしばらくはこの生活が続くと思うから、よろしく頼むよ」

「はい！」

ひとまずこの生活を楽しみたい。

リリカが来たことで変わったウィルジアの生活は、案外楽しいものだったから。

真意が伝わっているのかいないのか、リリカの元気の良い返事に、ウィルジアはすっかり短くなった前髪の下から微笑みを返したのだった。

【書き下ろし番外編1】　楽しい楽しい除雪作業

それは、ウィルジアが華麗な変身を遂げ、公爵令嬢エリザベスとの縁談を円満に白紙にした少し後の話だ。

その日は朝から冷え込んでおり、曇り空だった。

日の光の差し込まない屋敷《やしき》の中は寒々しく、ウィルジアは書斎ではなく一階のサロンにいた。今日はずっと家にいると言っていたウィルジアにリリカが尋ねたのだ。

「書斎には暖炉がないので、よろしければサロンの暖炉に火を入れましょうか？」と。

初めは「書斎で問題ないよ」と言っていたウィルジアだったのだが、十分であまりの寒さに音《ね》を上げて本を持って一階に降りてきた。こうなることを見越していたリリカは、既に暖めておいたサロンにウィルジアを誘導した。

食堂にも暖炉があるのだが、広すぎて暖房効率が悪い。その点サロンであれば食堂よりも小ぢんまりしているのでちょうど良かった。それに長居するならサロンの方が断然居心地の良《い》い作りをしている。

「ウィルジア様、コーヒーをお持ちしました」

「ありがとう、ちょうど欲しいなと思ったところだったんだ」

ずっと読書に没頭していたウィルジアだったが、一区切りついたらしい。本に栞《しおり》を挟んでパタリと閉じ、ローテーブルへと置いた。

居心地の良いソファに腰を下ろして暖炉の火をぼんやり見つめながら、リリカが差し出す銀のトレーに載ったコーヒーカップを持ち上げる。

「リリカが掃除してくれるまで、うちにこんな部屋があることさえ僕は知らなかったよ」

「サロンはお客様をおもてなしする時にも使いますので、綺麗《きれい》にしておいて損はありません」

「この屋敷に客が来ることなんて、ほぼないけどね……」

「そういえば前任者より、ウィルジア様のお仕事仲間のジェラール様という方がお屋敷にいらっしゃったことがあると聞いておりますが……」

「あぁ、ちょっと必要な資料が僕の屋敷にあったから取りに来たんだ。一回だけだし、用がなければ来ないし、来たところで書斎で話をしてすぐに帰ったから客というほどでもない」

その時の様子を思い出したのか、ウィルジアは苦笑を漏らした。

「あいつ、この屋敷を見てものすごい呆《あき》れてたなぁ。『よくこんなお化け屋敷みたいなところに平然と住んでいるな』って」

「確かに、最初の頃はお化け屋敷にしか見えませんでしたからね……」

リリカは遠い目をして答えた。リリカがやって来た当初の屋敷は凄《すさ》まじい荒れ具合だったので、そう言われてしまっても仕方がないことである。使用人が居着かないのも、ウィルジア様に関してよくない噂《うわさ》がたってしまったのも、半分ほどが屋敷のせいだろうとリリカは思っている。

ちなみにもう半分はウィルジアの見た目のせいだ。かつてのウィルジアはボサボサに伸びた金髪のせいで表情が見えないし、いつもうつむきがちで猫背だし、あちこちがほつれてくたびれた黒いローブを羽織り続けていたしで、中々な様相を呈していた。これではご主人様の良さが伝わらないのも当然だろう。

リリカが張り切って職務に励んだ結果、現在は屋敷もウィルジア自身も見違えるようにこざっぱりとして本来の魅力を十全に発揮している。誰が来てもどんとこいだ。リリカは密《ひそ》かに、お客様のご来訪を心待ちにしていた。ウィルジア様のご家族でもご友人でも、もしもいらっしゃった暁には全力でおもてなししようと張り切っている。

リリカが心の中でそんなことを考えていると、ウィルジアが小さくくしゃみをした。

「ウィルジア様、寒いですか？　膝掛けをお持ちしましょうか」

「あぁ、ごめん……ありがとう」

「いえいえ、お体に障っては大変ですので」

ウィルジアはリリカが差し出した膝掛けを受け取りつつ、窓の外を見る。

「あ、雪だ」

「え」

リリカがつられて窓の外を見ると、確かに雪がちらついていた。

「わぁ、珍しいですね」

王都では滅多に雪が降らない。なのでこうしてリリカが雪を見るのは二年ぶりだった。

灰色の空からチラチラと舞う雪が、庭に落ちては溶けていく。

「降り続けたら、積もるかもしれない。そしたら明日は図書館に行けないなぁ」

ウィルジアは外を見ながら呟《つぶや》くと、ブルッと身震いをした。

「……雪を見てたら寒くなってきた」

膝掛けをかき寄せてウィルジアが読書を再開したので、リリカは邪魔をしないようそっと部屋を出た。

窓の外に降りしきる雪は時間が経《た》つにつれどんどん勢いを増していき、夕方には大粒の雪が窓を叩《たた》くようになった。

屋敷の中にいるとわからないが、外は相当寒いだろう。いつまでも止《や》みそうにない雪を二人でサロンの窓からなんとなく眺めた。まだ夕方だというのに真っ暗で、窓辺に近づかないと外の様子がわかりづらい。そして窓際は冷気が差し込んできて窓枠がひんやり冷たかった。

「この勢いで降ったら、かなり積もりそうですね」

「仕方ないから屋敷にいようか。リリカも明日は買い物に出ないように」

「はい」

リリカは素直に頷《うなず》いてから、カーテンを閉めようとし、もう一度だけちらりと窓の外を見た。

◆◇◆

翌朝、ウィルジアはリリカが起こしにくるより早くに物音で目が覚めた。

どさどさどさっ、ばさばさばさっという音が断続的に響いている。

「なんだ……？」

いつもはカラスの鳴き声以外に物音などしない屋敷の外で聞こえる妙な音が気になり、ベッドから起き上がる。ベッドから出た瞬間、冷気が肌をさした。

「寒……」

あまりの寒さにもう一度ベッドに潜ろうか迷ったが、やはり聞こえてくる音が気になって窓に近づく。

そっとカーテンを開けてみると、昨日の荒れた天気から一転して眩《まばゆ》い朝日が室内に差し込みウィルジアは目を瞑《つぶ》った。光に慣れてから徐々に目を開けると――見慣れた景色が、白一色に染まっていた。

針葉樹の木々は雪化粧をし、リリカが綺麗に刈り取った冬枯れの芝生の上にも厚く雪が降り積もっている。屋敷の鉄門や鉄柵にも雪がこんもりと積もっており、さながら別世界のようであった。

「わ、すごいなこれは」

ウィルジアが感心して窓を開けようとしたところで、窓の外を大量の雪の塊がばさばさばさーっと落ちていった。

「⁉」

明らかに不自然な雪の落ち方に、ウィルジアが驚いて窓を開けようと伸ばしていた手を引っ込める。すぐにまた雪の塊がどさどさどさーっと落ちてきた。

「なんだこれは……まさか……」

ウィルジアは嫌な予感がした。着替えを済ませると外套《がいとう》を引っ張り出してきて羽織り、屋敷の外へ出る。鼻の奥まで凍りつきそうなほど空気が冷え込んでいたが、ウィルジアは構わなかった。

ウィルジアは、既にきっちりと雪かきがされている屋敷の玄関から鉄扉まで延びる石畳の道を半ばまで進み、それから屋敷を振り仰いだ。

見上げた三階建ての屋敷の屋根の上では、リリカが雪かきに励んでいた。

「リリカ！　何やってるんだい⁉」

「あっ、ウィルジア様、おはようございます！　ただいまお屋敷の除雪作業をしておりました」

リリカは屋敷の不安定な斜面の屋根の上で、シャベルを片手にウィルジアに手を振って元気に挨拶をした。

「いいから、降りて来て！　見ていて怖い！」

今にもバランスを崩して落っこちてきそうな気がして、ウィルジアはハラハラしながらリリカに声をかける。リリカは「かしこまりました！」と返事をしてから、屋根裏に通じる窓の一つに近寄り姿を消す。しばらく待っていると、玄関ホールからいつもの使用人服姿のリリカがウィルジアの下にやって来た。

「いつもより随分早い時間にお目覚めですね。もしかして雪かきの音がうるさくて起こしてしまいましたか？」

「いやまあ、たまには早起きもいいかなって」

「左様でございますか」

「それよりリリカはずっと雪かきしてたのかい」

「はい。王都の下町に住んでいた時に、雪が降った日は総出で雪かきをしたのを思い出しまして」

「屋根の上も？」

「屋根の上が重要なんです。溶けた雪が落ちて通行人にぶつかったら大変ですし、雪の重みで屋根が壊れてしまうかもしれません。今回は一晩で雪が止んだので大丈夫でしたけど、何日も降り続く場合は降り積もりすぎる前に除雪作業をするのが重要なんだと、雪の降る地方出身の近所のおじいさんが言っておりました」

「そうか……リリカは色んなことを知ってるね。でもこの屋敷は三階建てで結構高さがあるし、危ないから登るのはやめよう。リリカが怪我《けが》したら大変だ」

　言われたリリカは神妙に頷いた。

「確かに、骨折でもしてお屋敷での仕事に支障が出たら大変ですものね。あらかたどかし終わりましたので、もう止めておきます」

　ウィルジアとしては屋敷の仕事よりもリリカの体の方が心配で言ったのだが、うまく伝わってないらしい。それはそうとして、ひとまず屋根の上に登るのは止めてくれるようだ。

　よく見ると庭には、リリカが屋根からどかしたらしき雪の塊があちらこちらに落ちていた。一体何時から除雪作業をしていたのだろうか。

「しかし、かなり降ったね」

「ええ。私の膝丈くらいまで雪が積もっています」

リリカの言う通り、リリカの膝丈ほどまで積もった雪が森も屋敷も覆っている。

リリカがどかしてくれていなかったら、玄関から外に出るまでも一苦労だったはずだ。

「ウィルジア様、朝食になさいますか？」

「そうだね、そうする」

「ではお屋敷の中に入りましょう」

リリカとウィルジアが屋敷の中に入り、ひとまずリリカが用意した朝食を食べ、ウィルジアは昨日と同様サロンで仕事と読書をしようかと移動した。リリカは屋敷での仕事をするらしく、暖炉と飲み物の準備を終えると出ていった。

しばらくは平和に読書に没頭していたウィルジアだったが、ふと窓から見えた光景に度肝を抜かれて思わず本を取り落とした。

リリカが屋敷の外の雪をものすごい勢いで取り除いている。

リリカがシャベルを振るいながら歩くと、ババババババッ！　と雪が宙を舞って両脇へと積み重なってゆく。自分で作り上げた道を通りながら、リリカはひたすら除雪作業に励んでいた。

ウィルジアはたまらず立ち上がり、屋敷を出て小走りにリリカへと近寄った。

「リリカ！」

「いかがなさいましたか、ウィルジア様」

「いや……どこまで雪かきするつもりなんだろうと思って」

「もちろん、王都までです」

「王都まで⁉　ここから王都まで、相当な距離があるけど！」

「ですがきちんとどかしておかないと、馬車が通れないですし、凍った雪で足を取られて滑って転んだりしたら大変ですので」

「確かに……」

リリカの意見は至極もっともなのだが、屋敷から王都まで一人で除雪を進めるというのは無理があるだろう。いくらリリカの能力が優れていたって、重労働すぎる。

「じゃあ、僕も手伝う」

「えっ」

「二人の方が早いだろう？」

「ええっ」

戸惑うリリカをよそに、ウィルジアは「シャベルもう一つある？」と尋ねた。

「ありますけれど……ご主人様に雪かきさせるのは申し訳ないです。それに結構力仕事なので、大変ですよ」

「まあ、なんとかなるよ。運動不足気味だからちょうどいい」

「外は寒いですし」

「体を動かしていれば温まるよ」

「…………」

「シャベルどこだい？　庭の納戸かな」

渋るリリカに構わずウィルジアは踵《きびす》を返して屋敷の納戸に向かう。リリカが後を追いかけてきた。

「本当に雪かきされるんですか？　公爵様なのに？」

「公爵でも雪かきくらいできるよ」

「そんな公爵様、聞いたことありません……」

「まあ、爵位は取ってつけたようなものだから、あんまり気にしないで欲しい。それより早く作業の続きをしないと、日が暮れる」

ウィルジアは庭の裏手の納屋の扉を開けた。屋敷の裏に回るのも、納屋を開けるのも初めてだが、中はすっきりと片付いていてどこにシャベルがあるのかすぐにわかった。きっとここもリリカが片付けたに違いない。

ウィルジアはシャベルを引っ張り出すと、「じゃ、行こうか」と言ってリリカの返事を待たずに屋敷の外に向かった。

「いいですか、ウィルジア様っ。疲れたらすぐに休むんですよ。それから、体が冷えたり、お召し物が濡《ぬ》れたりしたら、お屋敷にお戻りくださいませ」

「わかった」

「では、僭越《せんえつ》ながら雪かきを進めさせていただきます」

リリカは手伝いを申し出たウィルジアを非常に心配そうに見つめつつも除雪作業を再開した。

そして開始五分でウィルジアは軽い気持ちで手伝うと言ったことを後悔した。

（雪ってこんなに重いのか……）

見た感じふわふわして儚《はかな》げで軽そうな雪は、実は結構な重さがあった。シャベル自体も重量があるし、そこに雪の重さが加わるとずしっとくる。

普段机に向かって書物を読んでいるだけのウィルジアにとって、肉体労働はかなりきついということを思い知った。

しかし、ここで音を上げるわけにはいかない。五分で「やっぱり無理」と言うなんてあまりにも情けないし格好悪い。

ウィルジアは根性で雪をどかし続けた。

「ウィルジア様、大丈夫ですか？　ご無理なさらないでください」

「だ、大丈夫」

先をゆくリリカに心配されてしまったが、ウィルジアは強がった。

まだ大丈夫だ。流石《さすが》に五分でギブアップは出来ない。

内心でひいひい言っているウィルジアは、ちらりとリリカの様子を窺《うかが》う。

リリカはシャベルも雪もまるで重さなど感じないかのように、一定のリズムで雪をどかし続けていた。

ウィルジアが起きる前から玄関から門までの雪をどかし、屋根の雪を下ろし、屋敷の仕事を終わらせてからこうして外の除雪作業までもを行っているというのに、全く疲れた顔を見せない。

屋敷を丸ごと綺麗にした時といい、リリカの体力は一体どうなっているのだろう。見たところそんなに筋肉質なわけではなく、どちらかというとリリカは細身である。なのにウィルジアの百倍は体力も腕力もあるに違いなかった。

（もう少し、もう少し頑張ろう）

足手まといにならないように、ウィルジアは必死で雪をどかした。

◆◇◆

「ウィルジア様、頑張ってください！　あと少しで森を抜けますよ！」

「う、うん……」

どのくらいの間そうしていただろうか。午前から始めたというのにもう日が傾きかけ、夕方近くになっている。

ウィルジアは結局、一度も弱音を吐くことなくリリカに励まされながら除雪作業に励んだ。

リリカはウィルジアの体調を非常に気遣ってくれ、休憩を挟んだり飲み物を持ってきてくれたり汗を拭いたりと甲斐甲斐《かいがい》しく世話を焼き、「ウィルジア様はお屋敷で休んでいてくださっても構わないですよ」と何度も言ってくれたのだが、ウィルジアは頑として首を縦に振らなかった。

そして苦労の甲斐があり、除雪作業は順調に進んでとうとうウィルジアの屋敷から森を抜け、王都に続く街道まで出た。

「やりましたね、ウィルジア様！」

「うん……」

「街道は既に除雪が済んでいるみたいですし、やらずに済みました。ここでゴールです！」

「うん……」

　ウィルジアの百倍は雪かきをしたであろうリリカは、全く疲れを見せずにそんなことを言っている。

　ウィルジアは、ようやく終わった、やりきったという気持ちでいっぱいだった。

「ではウィルジア様、お屋敷に戻りましょうか。汗をたくさんかいたでしょうし、すぐにお風呂に入った方が良いですよ。湯浴みの準備をします」

　リリカに背中を押され、二人で除雪した道を進む。

「まさかウィルジア様が手伝ってくださるとは思いもしませんでした。おかげさまで除雪作業がはかどりましたし、明日からはウィルジア様の送迎馬車を手配できます」

「そうかなぁ。僕がいない方が早く終わったんじゃないかなって気がしてるよ。足手まといになってごめん」

「そんなことありません。一人より二人の方が早いに決まっています」

　ウィルジアのネガティブな発言をリリカが即座に否定した。

「にしても、雪が降るとこんなに大変なんだね。僕が屋敷に住み始めてからここまでの大雪が降ったことがなかったから、全然わからなかった」

「お屋敷は森の中にありますから、除雪をしないとどこにも行けず陸の孤島になってしまいますからね」

「改めて考えると不便な場所なんだなぁ……」

ウィルジア自身は屋敷に何日引きこもっていようが構わないのだが、リリカはそうもいくまい。買い出しやら何やらを担当してくれているのはリリカなので、王都まで行けなくなるとそれこそ死活問題だろう。

雪ひとつで大事になってしまう屋敷を眺めながら、ウィルジアが眉根を寄せていると、リリカが明るい声を出した。

「ウィルジア様、知っていますか？　雪でこんなこともできるんですよ」

リリカは屋敷の小道の脇に積み上がった雪を摑《つか》むと、ぎゅっぎゅっと丸め、それから庭に向かって転がし出した。雪玉は転がるたびにどんどんと新しい雪をくっつけて大きくなっていく。

リリカは二つの雪玉を作り出すと、小さい方の雪玉を持ち上げて大きい方の上に積み上げた。それから屋敷の裏に回って納戸から赤いバケツを持ってきて、雪玉の上に被《かぶ》せ、次に屋敷の中からにんじんを持ってきて、上の雪玉の真ん中に突き刺した。

「見てくださいウィルジア様、雪だるまです！」

「わ、本当だ」

「雪が降った日は王都のあちこちで子供たちが作った雪だるまが見られるんですよ。個性が出るので、見ていて面白いんです」

リリカは二個目の雪だるまを作りながらそんなことを言った。

「ウィルジア様は雪が降った日はどんなことをなさっていましたか？」

「う―ん……確か二番目の兄に無理やり外に連れ出されて、雪玉をぼこぼこぶつけられた気がする」

幼少期の嫌な記憶が蘇《よみがえ》り、ウィルジアの声が沈んだ。

寒いから部屋で本を読んでいたら、突如やって来た兄に「ウィールー、おにーさまと雪合戦しようぜ！」と言われて外に引きずり出され、王宮の庭で雪玉を雨あられと浴びせられて全身びしょ濡れになったのだ。半泣きで庭を走り回るウィルジアに、「男なら逃げるなよ！」と言ってさらなる雪玉攻撃を仕掛けてきたので、ほうほうの体で王宮内に駆け込んだ。嫌な思い出である。

「雪合戦は双方合意の上でやらなければ、楽しくないですよね」

「リリカは好きそうだよね」

「王都に住んでいたときは、近所の子たちと激しいバトルを繰り広げました」

ウィルジアはリリカがイキイキと雪合戦をする姿を思い描いた。あまりにも想像がつきすぎてくすりと笑う。

「あ、ですが、流石にウィルジア様に雪合戦を申し込む気はありませんので、ご安心ください！」

「うん。わかってる」

そしてせっせと雪だるまを作るリリカを見つめているうちに、なんだか自分でも作りたくなってきて、屈《かが》んで雪をすくい上げた。ひんやりする雪を丸めてから、リリカのように転がして大きくする。二つ作って、一つを持ち上げ、積み重ねてみた。

リリカのように綺麗な丸にはできなかったけれど、少し歪《いびつ》な雪だるまはなかなか良いんじゃないかな、と思った。

楽しくなってきたので、もう一つ作ることにした。

「ウィルジア様、雪うさぎも作ってみました」

「リリカは器用だね」

「結構色々作れるんですよ」

ウィルジアが二個目の雪だるまを作っていると、リリカが雪で色々なものを作り始めた。

「これは熊、こっちは狐《きつね》、これはお家《うち》です」

「もはや芸術品だね」

興が乗ったらしいリリカは本気になって雪像を作り始めた。

「どうやったらうさぎが作れるんだい」

「これはですねー、まず楕円形《だえん》を作ってから、そこに葉っぱで耳をつけるんです。結構簡単ですよ」

「僕も作ってみようかな」

陽がとっぷり暮れるまで雪遊びをしてから、はっと気がついたリリカが立ち上がる。

「ウィルジア様、もう本当にお屋敷の中に入りませんと風邪をひいてしまいます」

「そうだね」

すっくと立ち上がったリリカにつられてウィルジアも屋敷の中へと入ってゆく。

湯船の中で冷えた体を温めながら、一日を振り返る。

ウィルジアは寒いのも体を動かすのも汗をかくのも嫌いだ。日がな一日屋敷か図書館に引きこもって本を読んでいるのが好きだ。

――けれど今日は結構、楽しかったなと思った。

なお翌日目が覚めたウィルジアは全身筋肉痛に襲われて指一本動かすことができず、一日中ベッドの上で過ごすことになりリリカにたいそう心配されたのだが、それはまた別の話である。

【第2章】　楽しい王宮無双

1　おばあちゃんと王妃様の思い出

リリカが十歳頃の話だ。

ちょうど裁縫の練習が一段階上がり、ワンピースを縫うようにとおばあちゃんに言われて、リリカは四苦八苦していた。

縫い合わせを間違えてほどいている最中に布とまち針と縫い糸が絡まり、リリカは半泣きになっていた。

「ヘレンおばあちゃん、ワンピース縫うの難しいよ。ハンカチとか繕い物と全然違う」

「泣き言を言っている暇があったら、その絡まった糸をほどくんだね」

「うわぁん」

リリカは懸命に団子状になった縫い糸をほどく。布はぐちゃぐちゃになり、見るも無惨な状態だ。泣きべそをかくリリカを見ながら、おばあちゃんはおもむろに立ち上がると自室に戻り、それから両手にどっさりと何かを持って戻って来た。

「ご覧、リリカ」

おばあちゃんがリリカに見せてくれたのは、肖像画だ。たくさんある肖像画の全てに同じ人物が描かれている。宝飾品で身を飾り、豪華なドレスを身に纏《まと》っている。キャラメルブロンドの長い髪を夜会巻きにし、髪飾りをちりばめ、赤い瞳が妖艶に輝いている。凜《りん》とした表情が美しい女性だった。

「おばあちゃん、このお方は誰？」

「このお方は、わしがずっとお仕えしていたアシュベル王国の王妃エレーヌ様だよ」

「へえ、おばあちゃんがお仕えしていた人」

リリカは俄然《がぜん》興味が湧いて、出来損ないのワンピースを放り出して肖像画を見る。

「すごい豪華な衣装だね。宝石もきれい」

おばあちゃんは肖像画を見ながら丁寧に説明してくれた。

「王妃様が身につけていらっしゃるのは、陛下のお祖母様より譲り受けた、アン王妃様のダイアモンド・ティアラ。シャンデリアの光を反射して煌《きら》めくのがとっても美しいんだよ。それからイヤリングはティアドロップ・サファイアだね。隣国のコヴェントリー国王夫妻から賜ったものだ。あぁ、ドレスはこの頃仕立てたばかりの流行のソプラヴェステだねぇ。よくお似合いでいらっしゃる。何度見てもお美しい」

年頃の女の子であるリリカは、王妃様の身につけている煌びやかな宝飾品やドレスに心奪われた。

リリカは他の肖像画を引き寄せ、質問する。

「ねえおばあちゃん、こっちの王妃様が身につけていらっしゃるのは何？」

「こっちは公式行事の時の王妃様の正装だねえ。ノーブル・ジュエルと呼ばれる、ダイアモンドの首飾り、イヤリング、ティアラがセットになった一式と、ドレスはコタルディだ」

リリカは肖像画に夢中になり、どんどん質問した。

おばあちゃんは全てに淀《よど》みなく答えてくれる。

「王妃様って、すごくたくさんの宝石やドレスを持っていらっしゃるんだね」

「そうだよ。それらを覚えてさっとお出ししたり、ドレスがほつれていたら繕うのも使用人の仕事だ。ほら、このドレスはわしが縫製を手伝ったもの」

おばあちゃんは一枚の肖像画を取り出して言う。薄手の白い布を重ねたドレスはふんわりとしており、装飾性があまりない。身につけているのは小ぶりな真珠のネックレスのみだった。

「他のドレスに比べたらちょっと地味だね」

「モスリンのドレスだよ。王妃様は実はあまり派手なものをお好みにならない。いつも着飾っているのは、国の女性の頂点に君臨する威光を保つためなんだ」

「王妃様って、大変なんだね」

「そうさ。だから、王妃様が心安らげるティータイムはとっても大切な時間だった。お好きな花を愛《め》でながら、気に入った本を読み、紅茶と茶菓子で心をほぐす。わしは隅で控えて邪魔にならないようにしながらも王妃様の動向に注視して、お心に沿うように動き続けたんだ。まあ、歳《とし》を取ってもうお側《そば》にはいられなくなってしまったけど……きっと今は、王宮にいる使用人たちが、わしの代わりに王妃様をお支えしているだろうね」

「ふぅん。おばあちゃんすごいね」

「リリカもおばあちゃんのような立派な使用人になっておくれよ」

「うん」

リリカは頷《うなず》き、肖像画の中の王妃様を見つめた。おばあちゃんが縫製を手伝ったというドレスはとてもシンプルだが、王妃様の内なる美を引き立てていた。むしろゴテゴテした飾りがない分、より一層ありのままの王妃様の美貌が輝いている。

リリカは机の上で丸まっているワンピースもどきを見つめた。

「おばあちゃん。私も頑張ったら、ドレス縫えるようになれるかなぁ」

「なれるさ。リリカは飲み込みが早いから、もっとすごいドレスだって縫えるようになる」

「そっかぁ」

おばあちゃんは嘘《うそ》をつかないので、きっとリリカが努力すればドレスも縫えるようになるのだろう。

「じゃあ私、頑張るね」

「ああ、頑張りなさい」

おばあちゃんは厳しいが、決して理不尽に怒ったりしない。リリカのやる気が出るように、そっと背中を押してくれる。

投げ出したワンピースに再び向き合って、リリカは絡まった糸をほどく作業を再開した。

2　リリカとウィルジアの華麗な朝

リリカの朝は早い。

日の出と共に起き出して、自分の身支度を整える。紺色の裾長の使用人服を着て、亜麻色の髪をきっちり結い、薄く化粧を施し、鏡でおかしなところがないか確認。

それから主人のために朝の用意を始める。

屋敷《やしき》の照明に蠟燭《ろうそく》の火を灯《とも》して回り、まだ肌寒いため暖炉に火を入れ、朝食の用意をする。

ご主人様の眠りを妨げないよう静かにかつ迅速に。

そうして諸々《もろもろ》の用意を整えてから、主人を起こしに行く。

三階まで上がるとコンコンコンと扉をノックして、「失礼します」と言って寝室に入る。

ベッドに近づくと、そこにはすやすやと眠る見事に整った顔立ちのリリカの主人がいた。

「ウィルジア様、朝です」

「うーん」

ウィルジアはむにゃむにゃしながら寝返りを打つ。

「ウィルジア様、そろそろ起きませんとお仕事の時間に間に合いません」

「うーん……もうそんな時間？」

ウィルジアの形のいい目が薄く開かれる。ぼんやりとリリカを見てから、「今何時？」と聞かれたので時間を答えた。すると眉根を寄せて歯の隙間から言葉を漏らした。

「二時間しか寝てない」

さもありなん。昨夜のウィルジアは随分遅くまで起きていた様子だった。本当ならもっと寝ていたいだろう。それでもこの時間に起こしてくれと言いつけられていたので、リリカは忠実にそれに従った。

ウィルジアはぼんやりした様子で起きると、頭をかきむしりながらベッドから下りる。寝ぼけて気だるげな雰囲気のウィルジアは整った外見が相まって若干の色気が漂っており、年頃の令嬢が見たら頬を染めて恥ずかしがるような光景であったが、忠実な使用人であるリリカはそんな感想はカケラも抱かなかった。

洗顔の間にパリッと糊《のり》の効いた服を用意し、着替えを手伝い、二人で食堂へ行く。

リリカの給仕でウィルジアは朝食を取る。

今朝は甘くないパンケーキと、カリカリベーコンにスクランブルエッグ、季節の温野菜サラダにオニオンスープ、果物を丸搾りしたジュース。食後のコーヒーを飲みながら、ウィルジアはくつろいだ様子で言った。

「きちんとした生活って、いいな。リリカが来る前は図書館に入り浸りで帰ってこないか、屋敷にいても書斎の机でいつの間にか寝てるかだったからなあ」

ウィルジアは遠い目をする。

「今でも時々、書斎で寝落ちしていらっしゃいますけどね」

「ホントごめん」

「いいんです。そんなご主人様を寝室までお連れするのも使用人である私の務めですから」

「起こしてくれて構わないのに」

書斎の机で気絶するように眠っているウィルジアをリリカは起こさないようにそーっと寝室まで運び、きちんとベッドに寝かせているのだが、朝起きた時のウィルジアの「やってしまった」という表情はちょっと面白い。

「本日も図書館でお仕事ですよね」

「うん。夕飯には戻るから」

「かしこまりました」

以前は五日も十日も帰らないことがザラにあったウィルジアだが、リリカが働き出してからはきちんと毎日帰ってくる。

朝食を終えたウィルジアを門の前まで見送った。すでにリリカが手配した馬車が門前に停《と》まっており、ウィルジアが乗り込むのを待っている。

ウィルジアは門前で立ち止まるとリリカに向き直った。

洗濯したての服を着て、ほつれが繕われた黒いローブを羽織り、短くなった金髪をきっちりと整えたウィルジアは、出会った時のボロボロの出立《いでた》ちとは見違えるようだ。

「それじゃあ行ってくる」

「はい、行ってらっしゃいませ」

リリカはお辞儀をして、ウィルジアを乗せた馬車が去って行くのを見送った。

「さて、じゃあ、今日も一日お仕事頑張りましょうね！」

リリカは自分自身に気合を入れると、本日もお屋敷仕事に取り掛かった。

３　王妃の憂鬱

「はぁ……」

アシュベル王国の王妃、エレーヌは王妃専用のサロンでため息をついていた。

この頃、うまくいかないことが多い。サロンに飾られた真っ赤なラナンキュラスを見て、指を振った。

「わたくしは花びらが白で縁取りがピンクのラナンキュラスが好きと伝えてあったはずでしょう」

「申し訳ございません」

一人の侍女が進み出て、慌てて花瓶を持ち上げ、そそくさと退出する。

続いてやって来た別の侍女がティーセットを準備し始めた。

「王妃様、紅茶の準備が整いました」

カップを持ち上げ香りを嗅ぐと、エレーヌの顔が途端に歪《ゆが》む。恐る恐る紅茶を口にすると、一口飲んでソーサーにカップを戻した。

「違うわっ！　春先の今は、一杯目の紅茶はダージリンと決めている！」

「も、申し訳ございません！」

苛々《いらいら》したエレーヌは、お皿に並んだパイを一つ摘んで齧《かじ》った。咀嚼《そしゃく》すると中にはエレーヌの嫌いなラズベリーが入っていた。

「ラズベリーパイは出さないでっていつも言っているでしょう！」

「申し訳ございません！」

「もういいわ、ティーセットを片付けてちょうだい」

「はい、ただいま」

侍女がティーセットを片付ける音がうるさく室内に響く。エレーヌは苛立《いらだ》った。なぜお茶一つでこんなにもミスをするのか理解ができない。

すると、エレーヌの機嫌の悪さを見てとった一人のエレーヌ付きの侍女がやって来て、問いかけてくる。

「王妃様、大変失礼いたしました、すぐに代わりのお茶のご用意を……」

「もう要らないわ」

エレーヌは即座に拒否した。すると横にもう一人、侍女が進み出てくる。

「王妃様、散歩などはいかがでしょう」

「そんな気分ではないの」

エレーヌは煩わしくなって左手を振った。さらにもう一人、侍女が来た。

「都から人気の宝石商をお呼び致しましょうか。美しいものを見れば、きっと気分が上がって……」

「違うのよ！　もう!!」

エレーヌはとうとう声を荒らげ、横並びになった三人の侍女をはったと見据えた。

さらに壁際に控えていた三人の侍女が慌ててエレーヌに近寄り、機嫌を取ろうとあれこれ提案をしてくる。

「流行《はや》りのドレスを仕立てる仕立て屋をお呼びしましょう」

「本日の晩餐《ばんさん》は、エレーヌ様のお好きな食材をふんだんに使います」

「髪型を変えれば気分も変わります。髪結師《かみゆいし》をつかわせましょう」

「そうじゃないの！　あなたたちって、ほんっとうに役立たずね！」

エレーヌは激怒した。

「何人も何人もいるくせに、わたくしの気持ちがまるでわからないなんて、これじゃいない方がマシだわ！」

激昂《げきこう》して怒鳴り散らすエレーヌに、六人の侍女は震え上がって頭を下げ、口々に「申し訳ございません」と謝罪の言葉を口にした。

エレーヌはやるせない気持ちになった。

アシュベル王国の王妃として長らく務めを果たし続けているエレーヌには、くつろげる時間というのは限られている。常に社交界に君臨し、外交の場に顔を出し、親しい貴族とも親しくない貴族とも諸外国の王族ともまめに手紙のやりとりをして交流を深めて敵を作らないようにしつつ、淑女の手本となるべく振る舞い続け、息子の妻とも仲良くする。

エレーヌは豪華なドレスと笑顔の仮面で武装をし、ずっと王宮内で戦い続けているのだ。

そんなエレーヌがホッとできる時間は、このティータイムぐらいなもの。

好きな花に囲まれ、好みの紅茶を飲み、好物の菓子をいただきながらゆっくりと本を読む。

しかし、今エレーヌに仕えている侍女たちは揃《そろ》いも揃ってエレーヌの気持ちを理解できていない役立たずばかりである。

エレーヌは居並ぶ侍女たちに心の底から失望し、大きなため息をついて両手で顔を覆った。

「あぁ……ヘレンが恋しい」

かつてエレーヌに仕えていたたった一人の侍女ヘレンは、エレーヌの気持ちを手に取るように理解してくれた。視線一つ送るだけでエレーヌの要望に応えてくれ、何をするにも先回りして準備してくれていた。エレーヌの好みを完璧に把握していたヘレンは、季節ごとに花を変え、日々飽きないように茶菓子を変え、紅茶が無くなりそうになればおかわりを注ぎ、そこにミルクを入れるかどうかさえも理解していた。

ヘレン一人いれば全ての用事は事足り、エレーヌは満足だった。全てがうまくいっていた。

「ヘレン……どうして辞めてしまったのかしら」

わかっている。年老いていたヘレンをこれ以上こき使うわけにはいかなかった。長年エレーヌに仕え続けたヘレンは婚期すら逃しており、「ゆっくり王都で余生を過ごしたい」という願いを無下にはできなかった。

それでも、エレーヌは思ってしまう。ヘレンが、ヘレンさえいれば。

部屋の隅でガシャーンと音がした。銀髪を二つに結った侍女が持って来たばかりの花瓶を取り落とし、床が水浸しになっていた。

「も、申し訳ございませんっ！」

「…………っ！」

エレーヌは立ち上がった。もう我慢ならなかった。こんなダメダメな侍女たちに囲まれていては心が休まらない。

「出かけるわ」

「どちらへ行かれますか？」

どちらへ？

エレーヌは歩きながら考える。そしてなんとなく思い至った場所を口にした。

「ウィルジアの屋敷に行きます」

4　母、突然の来訪

アシュベル王国の国王夫妻は仲がいいことで有名であった。

王は側妃《そくひ》を一人も持たず、ただ一人エレーヌだけを愛していた。結果エレーヌは四人の王子を身籠もり、無事に四人ともすくすくと育ち、今では成人してそれぞれが国の役に立つために得意分野に従事している。

一番上の息子は、外交官。

二番目の息子は、軍部に在籍。

三番目の息子は、政策に長《た》けている。

そして四番目の息子はというと――考えるとエレーヌの心が少し曇った。

四番目の息子、ウィルジアは少々変わった子だ。引っ込み思案で口下手、いつもうつむき加減で歴史の本に向き合っているような子だった。歴史編纂家《へんさんか》という地味でマイナーな職業についたウィルジアに、周囲の人々は呆《あき》れ返《かえ》り失望した。同時にエレーヌと夫はとある危機感を抱いた。

上の兄三人に比べてどうしても見劣りしてしまうウィルジアが、よからぬことを考える貴族によって王位へと祭り上げられたらどうなるか。

アシュベル王国は平和だが、傀儡《かいらい》政権を目論《もくろ》む貴族がいないでもない。そうした連中からすれば、ウィルジアは実に操りやすい王子だろう。

国王夫妻は考える。

一体どうすれば、国と息子たちを守れるのか。

そして一つの結論に至る。火種となるものを消し去るしかない。

かくして余計な政争を生み出さないよう、国王夫妻は先手を打ってウィルジアの王位継承権を放棄させた。息子のウィルジアを密《ひそ》かに呼び出し、その旨を伝えたところ、彼はあっさり「いいよ」と頷いた。そもそも王位に全く興味のない子だったため、むしろこの提案をウィルジアは嬉々《きき》として了承してくれた。

そして公爵として領地を与えようという話になった時、ウィルジアは言ったのだ。

「領地は経営が大変なので要りません。図書館に通いやすいよう、王都のはずれの屋敷を一つください」

妙な子である。そんなわけで末息子のウィルジアは、王都にほど近い鬱蒼《うっそう》とした森の中にある王家所有の屋敷を周辺の森ごと継承し、ひっそりと暮らしているわけだった。

いろいろな噂《うわさ》が飛び交っているが、エレーヌはウィルジアを嫌いではない。

血を分けた自分の子供をどうして嫌うことなどできようか。

一度ゆっくり話したいと思っていたのだ。

この間の夜会で久々に会ったウィルジアは、それまでの彼からは想像もつかないほどの別人と化していた。

若かりし日の夫に似た整った顔立ち、仕立てのいい正装をすらりと着こなし、堂々と夜会の場へと降り立ったウィルジアを見て、参加者全員が度肝を抜かれた。

令嬢たちは目の色を変えてウィルジアと話そうと躍起になっていたし、上の息子たちは「あいつあんなんだったっけ」「雰囲気変わったな」と感心していたし、夫は「俺の息子、俺にそっくりでめっちゃイケメン」とぼそっと呟《つぶや》いていた。

当のウィルジアは周囲の態度が百八十度変わったことに戸惑い、非常に居心地悪そうにしていて、逃げるように帰ってしまったのだが。

「あの変わりよう。きっとあの子の周りで何かがあったに違いないわ」

エレーヌは一人呟く。

公爵令嬢エリザベスとの縁談が破談になったと聞いた時、エレーヌは確信していた。

きっとウィルジアは、心に決めた令嬢ができたに違いない。

だから身だしなみを整えるようになったのだ。恋というものが人を変えると、エレーヌは知っている。

「あの子の心を射止めたのがどちらのお嬢様なのか、是非とも聞いておかないと！」

久々に末息子とゆっくり話せると思うと心が弾む。

使用人たちの繰り返される凡ミスにささくれ立っていた心が凪《な》いでいき、ウキウキとする気持ちで息子の屋敷へと向かう。

たどり着いたウィルジアの屋敷は、小綺麗《こぎれい》な邸宅だった。

周囲には鬱蒼とした針葉樹がわさわさと生えているが、少なくとも屋敷には陽光が入るよう工夫されている。南側の一角の木が切り倒され、燦々《さんさん》と日差しが降り注ぎ、日光を浴びた寒さに強い植物たちが葉を茂らせている。

屋敷の前面の芝は綺麗に刈られており、屋敷を囲う生垣は定規でもあてたかのように均一に揃っている。

窓ガラスが日光を反射して眩《まばゆ》く輝いているのを見て、まあウィルジアったら随分たくさんの使用人を雇っているのねえと感心した。

自分の見た目だけでなくお屋敷もこれほど綺麗に保っているとは、書物以外に全く興味のなかったあの子が随分と成長したものだ。

さて中はどうなっているのかしらと、外門を開かせるべくベルを鳴らそうと紐《ひも》に手をかけた時、中から一人の使用人が現れた。

紺色の裾長の使用人服をきっちり着ている娘は、亜麻色の髪を邪魔にならないよう結い上げ、薄い化粧を施している。主張しすぎず、かといって野暮ったくもない姿はまさに「デキる使用人」といった風であり、あらウィルジアったらいい使用人を雇っているじゃないのと感心した。

娘は鉄扉を開けると、エレーヌに対し、たいそう丁寧なお辞儀をする。

「お初にお目にかかります、我が主人ウィルジア・ルクレール様のお母上様とお見受けしますが、お間違いないでしょうか」

「その通りよ」

エレーヌの顔は肖像画などで出回っているため、この使用人はきっと顔を知っていたに違いない。ここで「どちら様でしょうか？」などと聞かれたら、見た目に反して大したことのない使用人ですことと評価を下方修正していたところだがそうならずに済んだ。

使用人は瑠璃色の美しい瞳でエレーヌを見ると、優雅な手つきで玄関を指し示す。

「主人のウィルジア様はただ今仕事に行っておりまして不在ですが、あと二時間ほどで戻る予定となっております。よろしければ中でお待ちくださいませ」

「ではそうさせてもらうわぁ」

エレーヌは玄関までまっすぐ延びている綺麗に掃き清められた小道を通り、使用人の開けた扉から屋敷内に入った。

　広々とした玄関ホールは明るく清潔で、正面の台座に飾られたラナンキュラスの芳しい香りに満ち満ちていた。花びらを何枚も重ねたゴージャスながらも可憐《かれん》さを持ち合わせた花、ラナンキュラス。花びらが白で縁取りがピンク色の、エレーヌ好みの色のラナンキュラスだった。

「こちらへどうぞ」

　奥へと誘導され、エレーヌは歩みを進める。玄関同様掃除が行き届いた廊下を通り、招き入れられたのはサロンだった。暖炉には火が赤々と燃え盛り、室内は程よく暖かい。明かり取りのための窓は大きく、曇りひとつない窓からは日差しが降り注いでいる。そこから見える庭は美しく整えられており、冬でも枯れない植物がセンス良く植えられておりエレーヌを癒《いや》してくれた。

　きっといい庭師がいるのねえとエレーヌは感心しながらソファに腰を下ろす。

「お飲み物をお持ちいたしますが、エレーヌ様のお好みの紅茶は、今の季節ですと一杯目はダージリン。二杯目はアールグレイをストレートで、以降はアッサムを砂糖を入れてミルクティー、でお間違いありませんでしたでしょうか」

　エレーヌは目を見張った。

「ええ、そうよ」

「お茶菓子は、きゅうりを挟んだサンドイッチにクロテッドクリームを添えたスコーン、それからチーズケーキとブルーベリーパイでよろしいでしょうか」

　エレーヌは首を縦に振る。

「承知しました、それでは用意いたしますので少々お待ちくださいませ」

部屋をしずしずと退出する使用人。

エレーヌは使用人のいなくなった扉を見つめた。

なぜウィルジアの屋敷で働く使用人が、エレーヌの好みを把握しているのだろうか？　不思議だった。

部屋には誰もおらず、しばしの静寂が訪れる。

エレーヌは、窓の外から聞こえる風が葉を揺らすささやかな音に耳を傾けつつくつろいだ。

誰もそばにいないというのは久しぶりだわ。

王妃であるエレーヌは外に出ればたくさんの人々に囲まれるし、部屋の中にはエレーヌの要望を満たそうと何人もの使用人が控えていた。たくさんいたところでエレーヌが満足する給仕一つできないのだから全く意味なんてないのだけれど、ヘレンが王宮から去って以降不機嫌なエレーヌをなんとかしようと、機嫌取りのために大量に人員が派遣されてくる。役立たずばかりを雇い入れる侍女長をいっそクビにしてやろうかしらとエレーヌは考えた。

そうそう時間は経《た》っていなかったが、扉がノックされ先ほどの使用人が戻ってきた。ワゴンにはティーセットが載せられている。

「お待たせいたしました。準備させていただきます」

お辞儀をしてからの準備。ワゴンから茶器を下ろし、エレーヌの前へと並べていく。的確かつ迅速、音も立てずに次々にテーブルに紅茶の準備がされていく。

とぽとぽと注がれたのは、非常に芳醇《ほうじゅん》な香りのダージリンだった。

「今年の春摘みダージリンでございます」

「まぁ……！」

春摘みのダージリンはファーストフラッシュと呼ばれており、通常のダージリンよりも香りがよく味も豊かだ。

エレーヌが愛してやまない黄金色のファーストフラッシュダージリンの入ったティーカップを持ち上げ、香りを吸い込む。それから一口。

温度も茶葉の蒸らし具合も絶妙な、至高の一杯だった。

「あぁ、美味《おい》しい……！」

使用人は茶菓子をどんどん並べていた。

品よく盛り付けられた、三段に重なったアフタヌーンティー・スタンド。

下からサンドイッチ、スコーン、そしてケーキとパイが彩《いろどり》よく並べられている。

「では、何かありましたらお呼びくださいませ」

使用人は優雅な礼をしてから部屋の隅に控える。途端に気配が消えた。

エレーヌは紅茶をゆっくりと味わい、茶菓子に手を伸ばした。

どれもこれもがとても美味しい。王宮の使用人はよくラズベリーパイとブルーベリーパイを間違えるのだが、ここではちゃんとブルーベリーパイが提供されていた。しかも非常に美味しいパイだった。

サクサク食べながら、紅茶を飲む。木々の梢《こずえ》が擦れる音に耳を澄ませ、時折聞こえる暖炉で薪が爆《は》ぜる音に耳を傾けていると、なんだか心が洗われるようだった。

「あら」

ふと部屋の隅にある本棚に目が留まった。

ウィルジアは本が好きだから、本棚があること自体は不思議ではない。

気になるのは並べられている本のタイトルだ。

おおよそウィルジアが読むとは思えない恋愛小説の類が並べられている。

しかしその本の系統は、エレーヌが好むものである。

エレーヌは立ち上がり、何冊かの本を眺め、気になるものを手にとってソファに戻った。

戻ってみると空になったティーカップには二杯目の紅茶が注がれていた。きちんとアールグレイがストレートで淹《い》れられている。

少し口角を上げたエレーヌは、壁際へと戻ってゆく使用人にちらりと視線を送った。使用人は別段誇る風でもなく、ただただ彫像のように直立不動で控えている。

それからエレーヌはウィルジアが帰ってくるまでの時間を読書とティータイムに費やした。非常に充実した時間だった。

使用人は二杯目の紅茶が無くなった後、砂糖を入れたアッサムのミルクティーを淹れてくれた。それからミルクティーの入ったポットに保温のためのカバーをかけると、「何かあったらお呼びください」とベルを机の上に置き、一礼して部屋を退出した。

手に取った本は実にエレーヌ好みの内容で、エレーヌは久々に何ものにも煩わされることなく読書とティータイムを楽しんだ。

陽が沈みかけた時、こんこんと扉がノックされ、エレーヌは本の世界から現実に引き戻される。

「失礼いたします、ウィルジア様がお戻りになりました」

「あら」

そういえばウィルジアに会いに来たのだったわと、名残惜しく思いつつも本をパタリと閉じる直前、使用人はすっとラナンキュラスの押し花で作った栞《しおり》を差し出してきた。

「よろしければ、本をお持ち帰りくださいませ」

「あら、けれどこの本はウィルジアのものでしょう」

「ウィルジア様は恋愛小説を嗜《たしな》みません。今回の本棚のラインナップは、エレーヌ様のためにご用意したものでございます。ですのでどうぞ心置きなくお持ち帰りくださいませ」

エレーヌは面食らった。

「わたくしのために本を？」

「はい。ウィルジア様がお帰りになるまでの間快適にお寛《くつろ》ぎいただけるよう、僭越《せんえつ》ながらご用意いたしました」

「まあ。どうりであの子が読まなさそうな本ばかりが並んでいたわけね」

エレーヌは納得し、栞を受け取った。

「そういうことなら、遠慮なく持って帰ることにするわ」

エレーヌが本に栞を挟んでパタリと閉じたその瞬間、屋敷の廊下をバタバタ慌ただしく走る音がして、扉がバァンと開け放たれた。

「母上っ、何しに来たんですか⁉」

そこには、すっかり見目麗しくなったエレーヌの末息子ウィルジアが立っていた。

5　ウィルジアびっくりする

ウィルジアはびっくりした。

何せ仕事を終えて家に帰ってきたら、出迎えてくれたリリカに「お母様がいらっしゃっています」と言われたからだ。

「え、なんで来てるんだ」

「息子であるウィルジア様のお顔を拝見しにいらっしゃったのではないでしょうか」

ウィルジアの脱いだローブを受け取りつつ、リリカは言った。ますます困惑する。

「そんな人じゃないと思うんだけどなぁ……僕が王宮を出てから顔を見に来たことなんて一度だってないんだよ」

「ではやはり、この間の新年の夜会にて鮮やかに変わったウィルジア様を見て、ちょっとお顔を見てみようかしらぁという気になったとかですかね」

「そうかな……どこにいるんだい？　いつから来ているんだろう」

「かれこれ二時間ほどサロンにてお待ちいただいています」

「二時間も⁉」

ウィルジアはギョッとした。

ウィルジアの母エレーヌは、何かと注文が多いことで王宮内でも有名だった。

今日のドレスと宝石の組み合わせはこうで、飾る花の種類はこれがいい、紅茶の一杯目はなんとかで二杯目はなんとかで茶菓子はなんとかパイで、夕飯に臭みのある青魚は出すなだの、縁起が悪いのでこの日に赤い野菜は使うなだの、今日は気分が変わったからやっぱり肉が食べたいだの、カーテンを取り替えろ、ベッドの位置を変えろ、なんだかんだとやかましい。

そんな母を二時間も待たせたとあっては、とんでもない事態になるのは目に見えていた。怒髪が天をついているのではないか。

「遅いわよっ！　このバカ息子‼」と怒鳴られるのを覚悟し、額を汗がつたった。

「そんなに長々待たせたら、ものすごい腹を立てているんじゃないか」

「いえ、お寛ぎになっているご様子です」

「お寛ぎに？」

「はい。玄関を入ってすぐラナンキュラスの香りに心を安らがれ、提供した春摘みダージリン、アールグレイのストレート、アッサムの砂糖入りミルクティーを飲みながらブルーベリーパイに舌鼓を打ち、本棚に並んだ恋愛小説の中から一冊を抜き出してゆったりと読書をしながらウィルジア様のお帰りをお待ちしておりました」

「恋愛小説なんてサロンにあったっけ」

「エレーヌ様の馬車が窓から見えたので、サロンの暖炉に火を入れるついでに本棚のラインナップを変えました。エレーヌ様がお帰りになりましたら戻しておきます」

「えええ……なんで母の好みを把握している？　王宮の使用人ですらしばしば間違えるのに」

「僭越ながら、ウィルジア様のお屋敷で働くことが決まった際に私の師匠に仕込まれました」

「師匠に？」

「はい。『使用人たる者、お仕えするご主人様だけでなく、ご家族や交遊する人物についても知っていて当然。いずれおもてなしする機会もあるはずだから、好みを完璧に把握しておくべし』と」

「リリカ、文字読めなかったよね。どうやって覚えたの？」

「全て口頭でそらんじられ、頭にたたき込みました」

最近ウィルジアは、リリカが普通の使用人ではないことに薄々勘付いていた。

使用人は木こりに伐採を教わったりしないし、正装を仕立てられないし、嗜好《しこう》がやかましい家族の好みを把握してそれに即座に対応したりしないだろう。

リリカはにこりと微笑《ほほえ》んだ。

「使用人たるものの務めです」

「そうか……いつもありがとう。リリカは気が利くね」

リリカに苦労が見えれば申し訳ない気持ちになるが、彼女は嬉々として全ての仕事をこなすので、ウィルジアは感謝するに止《とど》めた。

「じゃあすぐにサロンに行こう」

「その前に身だしなみを整えたほうがよろしいかと。エレーヌ様はまだまだ読書に没頭されておられるようですから、湯浴みなさっては？」

「あぁ、そうか。まあそうだな」

ウィルジアは自分の姿を見下ろした。ウィルジアが常日頃いるのは王立図書館内でも地下に位置する、歴史編纂家以外誰も立ち入らない場所だ。束ねた書物が積み上げられた地下室は埃《ほこり》っぽく、最近は毎日家に帰るようになったウィルジアだが、日がな一日こもっていれば髪にも服にもカビ臭さが染み付く。エレーヌがそういうのを嫌がるのを知ってのリリカのアドバイスだった。

「もう準備が整っておりますので、どうぞ」

「うん、ありがとう」

ウィルジアはさっさと湯浴みを済ませると、リリカが用意してくれていた服に袖を通し、サロンまで走る。扉を開いて言った。

「母上っ、何しに来たんですか⁉」

「あら、ウィルジア。夜会ぶりね」

母は、たいそう機嫌の良さそうな表情で本を片手にソファで寛いでいた。

◆◇◆

「夜会であなたが別人みたいになっていたから、気になって様子を見に来てみたのだけれど、お屋敷もとても素敵なところじゃないの。先ほどからあれこれ世話を焼いてくれる使用人も、とても気が利くわぁ」

食堂に移動し、母はウィルジアの向かいで夕食を取っていた。ウィルジアとしては非常に落ち着かない。一日の終わりにゆっくりしたいのに、なぜよりによって母と夕食を共にする羽目になったのか、皆目見当がつかなかった。

リリカはウィルジアとエレーヌの間を行ったり来たりして給仕に勤《いそ》しんでいる。

「お料理もとっても美味しいわね。食材も味付けも彩りも、全てがわたくしの好みに合っているわ。素晴らしい料理人を雇っているのね」

「雇ってないよ」

「え?」

「料理人は雇ってない。料理をしているのは、今ここで給仕をしてくれているリリカだ」

「……え?」

エレーヌはウィルジアの言っていることがうまく理解できていないようだった。笑顔のままにリリカを見つめる。リリカはエレーヌのワイングラスにワインを注ぎ入れると、ボトルの口をきゅっと持ち上げ、ニコッと笑った。

「僭越ながら、お食事の支度をさせていただいております。お口に合ったようで何よりです」

「あら、まあ、よく出来る使用人なのねぇ」

母は今度はワイングラスを持ち上げつつ、部屋の中を見回す。

「先ほどのサロンもですけど、よく掃除の行き届いた部屋。城の掃除夫たちにも見習わせたいわ。一体誰が掃除を？」

「リリカ」

「え？」

「リリカがやってくれている」

エレーヌは、空いた皿を下げるリリカを見つめた。リリカはにっこり微笑むと、お辞儀をしてから食堂を去っていった。次の料理を持ってくるために厨房《ちゅうぼう》に行ったのだろう。

エレーヌは、こほんと咳払《せきばら》いをしてから、今度は窓の方を見つめた。

「お庭も素晴らしい手入れじゃないの。有名な庭師を雇い入れたの？」

「庭仕事もリリカがやってくれている」

ウィルジアはさっさと母に帰ってほしい一心で、必要最低限の受け答えをしていた。今度こそエレーヌの動きがぴたりと止まった。

「ねえ、ウィル。あなた一体この屋敷に、何人の使用人を雇っているの？」

「リリカだけだよ」

「なんですって？」

「この屋敷には僕とリリカしかいない。掃除も洗濯も料理も給仕も庭仕事も僕のスケジュール管理も、全て彼女がやってくれている」

「……なんですって⁉」

エレーヌは三十秒ほど固まってから、力一杯叫んだ。

「このお屋敷の全てを、彼女一人で⁉　たった一人で、全部⁉」

「そう」

ウィルジアは、戻ってきたリリカが持ってきたステーキを力一杯ナイフで切り裂きながら答えた。早く帰ってほしいと思っていた。

エレーヌは心底驚いているようで、胸に手を当て、目を見開き動きを停止していた。

ウィルジアは頃合いに焼けたステーキを頬張り、咀嚼し、飲み下してから母に言う。

「そんなわけだから、僕はうまくやっている。特に心配させるようなことは何もない。わかったら早く帰って……」

「……なんて素晴らしい使用人なの‼」

母はウィルジアの言葉を遮り、感極まった様子で言った。

「えっ」

「サロンで給仕をしていた時から、わたくしにはわかっていたわ。ここにいるリリカは、きっととてつもなく気が利く使用人なのだろうって。そう、まるで、ヘレンのように！」

その時、滑らかに動き続けていたリリカの動作が一瞬止まった。食堂を出ようとしていた足が動きを止め、ピクリと肩が跳ねる。しかし二人に気づかれるより早く、リリカは再び歩き出して厨房に向かった。

ウィルジアは唐突に誰かの名前を叫んだ母にびっくりした。社交界においては常に笑みを絶やさずたおやかで、「笑顔の王妃」と呼ばれている母が、その実感情の起伏がかなり激しいということをウィルジアは嫌というほど知っている。が、離れて暮らして久しいため、久々に叫ばれるとびっくりする。先日の夜会の時は衆目があったので、別人と化したウィルジアを見ても穏やかな笑みを絶やさなかったため、尚更《なおさら》だ。

「……ヘレン？」

「わたくしに長年仕えていた使用人よ。あなたも会ったことがあるでしょう。いつもひっそりと後ろに控え、けれども抜群に気が利いて、わたくしが求めているものを先回りして用意してくれていた素晴らしい使用人」

「あぁ、あの老婆の」

「そうよ。残念ながら年を重ねてしまってねぇ、使用人を辞めてしまったのだけれど。でもわたくしは、ついにヘレンの代わりとなる使用人を見つけたわ！」

「まさか」

ウィルジアは嫌な予感がした。母は頬を紅潮させたまま喋《しゃべ》り続《つづ》ける。

「そうよ、リリカこそがわたくしにふさわしい使用人だわ！」

「いやいやいやいやいや」

ウィルジアは持ち上げていたナイフとフォークをテーブルに置き、即座に待ったをかけた。

「リリカは僕が雇っている使用人だ。勝手に母上の使用人にしないでくれ」

「いいじゃない、ケチねぇ。ねえリリカ、わたくしに仕える気はないかしら。お給金なら今の十倍支払うわよ」

エレーヌは再び戻ってきたリリカにそんな提案をした。ウィルジアはびっくりした。

「じゅっ、十倍⁉　なら僕は十五倍払う！」

「ならわたくしは二十倍払うわ」

「ならこっちは、三十倍だ！」

ウィルジアに今のリリカの給金の三十倍も支払える経済力はない。完全に売り言葉に買い言葉である。リリカを巡る戦いはヒートアップし、二人とも一向に譲る気配を見せない。とうとう給金が百倍まで釣り上がった。テーブルを挟んで向かい合う親子は、さながら威嚇しあう猛獣同士のようであった。

「こうなったらリリカに決めてもらいましょう」

母がそう言い、ウィルジアは一瞬怯《ひる》んだ。もしリリカに聞いて、「エレーヌ様のところへ行きます」と言われたら、どうしようか。

ウィルジアは自分がいい主人でないことを自覚している。

口下手だし、書斎で気絶するように寝落ちしていてリリカに迷惑をかけているし、この広大な屋敷の維持管理とウィルジアのスケジュール管理まで任せている。どう考えても業務過多だ。リリカが有能でついつい任せてしまっているが、本当は嫌気が差していたらどうしよう。

怯んだのをいいことに、エレーヌが攻勢に出た。唇の端を持ち上げ、ふふんと微笑む。

「あぁら、どうやら自分が選ばれる自信がないみたいね？」

「そっ、そんなことはない」

「なら堂々とリリカに尋ねればいいじゃないの」

ウィルジアは、隅に控えて成り行きを見守っているリリカを見た。彼女の瑠璃色の瞳からは何の感情も読み取れない。

ついつい自信を無くしたウィルジアは、若干情けない声ですがるように尋ねた。

「リリカ、僕のところにいてくれる？」

「まぁ、情けない聞き方の主人ですこと。リリカ、こんな息子のところにいないでわたくしの下にいらっしゃいな」

リリカは少し黙って考えをまとめている様子だった。そしておもむろに口を開く。

「私がお仕えしているご主人様は、ウィルジア様です。エレーヌ様のお申し出は大変嬉《うれ》しいのですが……」

「…………そう」

エレーヌはリリカの遠回しなお断りの言葉に大変落胆し、肩を落とした。

その後口数の減ったエレーヌはしょげきった様子で夕食を終えると、馬車に乗って帰って行った。

見送ったウィルジアはやれやれと息をついた。

「いやぁ、びっくりした。リリカ、色々と気を回してくれてありがとう」

「いえ、ウィルジア様のご家族に粗相があっては大変ですから」

「にしてもあの母をよくぞあそこまで虜《とりこ》にしたね」

「お気に召していただいて、何よりです」

にこりと笑うリリカに、ウィルジアはへらっとした笑みを返した。

しかし事件はまだこれで終わりではない。

むしろこれは——始まりに過ぎなかった。

◆◇◆

「今日も遊びに来たわぁ」

「いらっしゃいませ、エレーヌ様」

エレーヌは翌日も翌々日もそのまた翌日も、ウィルジアの屋敷を連日訪れるようになった。

大体二時間くらいサロンに滞在する。

本を片手に優雅なティータイムを過ごした後、「王宮の使用人もリリカみたいだったらいいのに」と悲しそうな顔をして帰って行く。

ウィルジアには会わない。

エレーヌは屋敷にリリカに給仕をしてもらいに来ているのであって、別にウィルジアに会いに来ているわけではない。目当てはリリカだ。

ウィルジアにばったり玄関ホールで出くわすこともあれば、顔も見ないで「ウィルによろしくね」と言って帰って行く日もあった。

エレーヌは読み終えた本をパタリと閉じ、満足そうな表情で紅茶を啜《すす》る。

適温をキープしている砂糖入りミルクティーは甘過ぎず苦過ぎず絶妙な味わいであり、実にエレーヌ好みするものだった。

「あぁ……美味しい、幸せだわぁ」

ほうと息をつくと、窓の外を見た。そろそろ夕暮れ時、王宮に戻らねばならない時間帯だ。そうして今度は物憂げにふぅと息を吐き出した。

「王宮に戻って、晩餐会に備えなくちゃ。今日はサザーランド侯爵夫妻がお見えになるの」

それからリリカの方を向いて、エレーヌは年を感じさせない美しい顔を思いっきり歪めた。

「知っていて？　サザーランド侯爵夫妻ったら、とっても嫌味な人たちなのよ。あちこちに首を突っ込んで色々小言を言ってきて。うるさいったらありゃしないの」

「左様でございますか。王妃様も大変でいらっしゃいますね」

「そうなの、大変なのよぉ。朝から晩までずーっと予定ぎっしりで、たっくさんの方とお会いして、お話を聞いて、にこにこにこにこしていなくちゃならないの。もうもう、息が詰まりそう！　唯一の安らぎがティータイムだっていうのに、うちの使用人たちときたら全くの役立たずばっかりで。わたくしの心がくつろぐひと時がないんだから、嫌になっちゃうわ」

疲れた顔でそう言いながらカップの中身を飲み干すと、エレーヌは立ち上がった。

「帰るわね。今日もありがとう、リリカ」

エレーヌの帰り際にウィルジアがちょうど屋敷に戻ってきたところで、ウィルジアは心底嫌そうな顔をしていた。

「また来ていたんだ」

「だってリリカの焼いたブルーベリーパイと、リリカの淹れてくれる紅茶と、リリカのしてくれる給仕が恋しいんですもの。母だって癒しが欲しいのよ」

「無闇に来ないでくれ。リリカだって迷惑してる」

「あら、そうなの？」

問われたリリカは首を横に振る。

「いえ、そんなことはございません」

「ほらぁ」

エレーヌは勝ち誇った表情をして顎を持ち上げると、優雅に手を振った。

「じゃ、また来るわぁ」

「もう来ないでくれ」

「あら、つれないわねぇ」

息子の苦言はエレーヌの心には全く響かず、馬車に乗って去って行く。

ウィルジアは苛立った。

「……全くあの母は！　リリカ、ごめんよ。次に来たら玄関先で追い返してくれて構わない。何を言われても気にしないでくれ」

リリカはウィルジアのローブを受け取り、少し考えながら口を開いた。

「エレーヌ様は王宮で心を安らげる場所がないようでした」

「そんなことを君が悩む必要はないよ」

リリカの主人はウィルジアなので、エレーヌのことにまで気を配る必要がないといえばその通りだ。

しかしこのまま放っておくと、エレーヌは癒しを求めて連日屋敷に来るだろうし、そうするとウィルジアの機嫌はどんどん悪くなる。親子仲は悪化し、破滅の一途を辿《たど》ってしまう。それはリリカの望むところではない。使用人たるもの、主人の人間関係を良好に保つのも務めの一つだ。というのもあるが、それ以外にも理由がある。

リリカには、両親がいない。

五歳の時に死んでしまった両親とは、どんなに望んでももう会えない。

だからウィルジアには、仲良くして欲しいなぁと思ってしまう。死んでから後悔しても遅いのだから、生きている今のうちにお互いを大切にしてほしい。

リリカは、口を開いた。

「ウィルジア様、一つお願いがあるのですが」

「なんだい」

「日中のウィルジア様がいない時間帯に、王宮の様子を見に行ってもよろしいでしょうか」

「…………はい？　また君は何を言い出すんだ」

「お屋敷の仕事には支障が出ないようにいたします。最近、お屋敷の中が綺麗になったので、時間が空いているんです。なのでぜひ、お願いできないでしょうか」

「………………」

ウィルジアは非常に迷っているようだった。かなりの時間を置いてから、ウィルジアはものすごく小さい声を出す。

「そのまま王宮勤めをするとか、言わないかい？」

「言いません。私のご主人様はウィルジア様だけで、夕方にはウィルジア様の下に必ず戻って参ります」

「それなら、まあ」

ウィルジアは了承してから、眉尻を下げる。

「母はかなり手強《てごわ》いだろうけど、よろしく頼むよ」

リリカは満面の笑みを浮かべた。

「はい！」

6　王妃様専属侍女は楽しくない

「はぁ……」

起床と共に、王妃様付き侍女の一人であるコレット・フィッツロイは重たいため息をついた。

今日もまた一日が始まる。ということは、王妃様にお叱りを受ける時間が延々と続くということだ。

のろのろとベッドから出て、使用人服に袖を通す。鏡台の前で自慢の銀色の髪を細いリボンでツインテールに縛り、精彩の欠いた顔に化粧を施した。

鏡の中から見返してくるコレットの顔は、ちっとも楽しくなさそうだった。

「………………」

嫌だな、行きたくないな、と考えながら鏡の前でもたもたしていると、先に準備を終えていた兄から声がかかった。

「コレット、支度は終わったか？　もう出るぞ、さっさと朝食を食べろ」

「う、うん、お兄ちゃん」

慌てて自室を出る。コレットの家は貧乏な男爵家で、コレットの将来に関して与えられた選択肢は二つしかなかった。

あまり評判のよろしくない歳の離れた伯爵に嫁ぐか、自分で働いて金を稼ぐか。

コレットは迷わず後者を選んだ。

コレットの家には使用人がいなかったし、家事なら一通りこなせる。ならば自力でお金を稼いだ方がいいと思ったからだ。

働く先は、どうせなら給金がいいところがいい。

コレットには兄が三人いて、末の兄のジェラールが王都で歴史編纂家として働いているため、ならば自分も同じく王都で仕事を探そうと思い領地を出た。

そして幸運なことに、王宮で働くことが決まったのだ。兄と同じ家に住み、コレットは王宮に通いで仕事に行っている。兄の職場の王立図書館にも近いため、朝は一緒に家を出られるし都合がいい。

コレットは仕事の時間が近づくにつれてどんどんと気分が落ち込んでいき、部屋の中でもたついた。それに気がついた兄がコレットに話しかけてくる。

「どうした、仕事が大変か?」

「うん……あのね、お兄ちゃん。王妃様ってすっごく注文が多い上に、気に入った侍女には結婚も許さないで年老いるまでお側付きを命じるんだって。私、気に入られないのも気に入られるのもどっちも嫌だなぁ」

コレットがついつい愚痴を言うと、ジェラールが励ましてくれる。

「まあ、コレットは仕事をするのが初めてだし、慣れるまでは戸惑うかもしれないな。だが王宮で働けるというのは非常に幸運だ。そんなことを言わずにしっかりやれよ」

「……うん」

兄のジェラールは真面目な性格で、コレットの愚痴をまともに取り合ってくれなかった。

しかも結婚を蹴って自分で選んだ道なんだから、コレットは嫌でもなんでも王宮で働くしかない。

まだ夜も明けきらないような時間から王宮に向かって歩いていく。

「じゃあ、仕事頑張ってこい」

「うん」

わざわざ王宮の門前まで送ってくれた兄は、コレットが王宮内に消えるのを見届けてから職場である王立図書館へと行く。

コレットは王宮内を歩きながら気が滅入《めい》るのを感じた。

(嫌だなぁ……)

コレットが王宮で働き出して、ひと月。

ひと月のうちに王妃様から浴びせられた叱責は千を下らない。

王妃様は嗜好が細かく、一つでも間違えようものなら厳しい言葉が飛んでくる。

おかげさまで使用人が定着せず、次々に辞めていくので、常にコレットのような新人が配属され引き継ぎもままならない魔境と化していた。最も在職期間が長い王妃様付きの侍女頭のミシュア様でさえ働き出して半年なのだから、どれほど嫌われている職場なのかがよくわかる。

でも最近では、いいこともある。

ここ数日、王妃様はティータイムになるとどこかへ出掛けてしまうのだ。

ティータイムは地獄のような時間である。

飾ってある花の色、紅茶の温度、茶葉の種類、蒸らし時間、ミルクや砂糖の量、茶菓子に何をお出しするかなどなど、王妃様は非常に細かく指定しており、あまりにも仔細《しさい》にわたりすぎていて誰も正確に把握していなかった。

おかげさまで紅茶一杯淹れるだけで怒声が飛んでくる。

いつも最も王妃様がイライラする時間にお出掛けするおかげで、侍女たちは二時間ほど自由時間となり、ホッと胸を撫《な》で下《お》ろしていた。

（朝の身支度をお手伝いして、朝食を召し上がった後、朝のお散歩にお付き合いし、それから昼用のドレスへのお召し替えのお手伝いをすれば自由時間がくる……！）

コレットは自分にそう言い聞かせながら、王宮の王妃様付きの侍女が集まる部屋へと入った。

中にはオレンジ色の髪を一つ結びにした侍女頭のミシュアを筆頭に、王妃様専属の侍女たちが集まっていた。コレットを含めで全部で十人だ。

「遅いわよコレット」

「申し訳ありません」

コレットは小走りで皆の輪の中に入っていく。

「じゃあ、夜間の侍女から引き継いで、日中の業務を開始するわよ。コレット、私と共に王妃様を起こしに行くからついてきて」

「はい」

「他の皆は身支度と朝食の準備をお願い」

はい、とその場にいる残りの侍女八人が頷いた。誰も彼もが沈んだ表情で、あからさまに「働きたくない」という雰囲気を発している。

重苦しい気持ちを抱えたまま、コレットは王妃様の眠る寝室へと向かった。四方を天蓋のカーテンに覆われたベッドに向かってミシュアが声を掛ける。

「おはようございます、王妃様。起きてくださいませ」

「うぅ……ん、なぁに、もう朝なのぉ？」

間伸びした声で王妃であるエレーヌ様がベッドの中でもぞもぞ動く気配がし、コレットが天蓋のカーテンを開けると、王妃様はベッドの上で大きく伸びをした。ミシュアがさっと目覚めの一杯を差し入れる。

「目覚めのミントティーでございます」

王妃様がトレーからカップを持ち上げ飲み干し、顔を顰《しか》めた。

「……不味《まず》いわねぇ。渋いったらありゃしないわ。わたくしの侍女は、一体いつになったら上手にお茶を淹れられるようになるのかしら」

「申し訳ございません……」

朝イチのお叱りにミシュアとコレットは同時に震えた。しかし意外にも王妃様はカップを戻すとこう言葉を続ける。

「ま、いいわ。今日はいいことがあるから、許してあげる」

「いいこと、でございますか……？」

「そうよぉ。昨日手紙が来て、あなたたちも聞いているでしょう？　今日は王宮に、リリカが来てくれるの！」

王妃様はまるで少女のように明るい声と笑顔で言う。ミシュアが恐る恐る尋ねた。

「それは確か、今日からしばらくの間王宮にやって来るという使用人の名前でございますよね」

「そう！　とっても気がきく使用人でね、たった一人であなたたち百人が束になっても敵《かな》わない働きをするんだから！　まるでヘレンのようにね！」

ヘレンというのが誰なのかコレットは知っていた。

王妃様に大層気に入られていた侍女らしく、王宮勤めが長い人の話ではヘレンは結婚さえ許されず、年老いて働けなくなるまで王妃様の側に仕えていたらしい。

王妃様はコレットたちが失敗する度に口癖のように言うのだ。

「ヘレンは完璧にこなしてくれた」

「ヘレンならこんなミスはしない」

「ヘレンは何も言わなくてもわたくしの気持ちをわかってくれたのに」

ヘレン、ヘレンヘレンヘレン。王妃様の口から一日に百回は出る名前。

おかげさまで侍女たちの脳裏には姿形も知らないヘレンという侍女の影がちらつき、まるで亡霊のように付きまとわれる羽目になっていた。

しかし王妃様の機嫌がいいというのはコレットたちにとっても喜ばしい話である。

コレットが空になったティーカップを載せたトレーを持ち、ベッド脇に出てきた王妃様の足にミシュアが室内履きを履かせてからドレスルームに移動する。

膨大な衣装の中から本日の朝に着用するドレスを王妃様が選び、侍女たちが夜着を脱がせて下着から身につけさせていく。

この間にも王妃様の小言は飛び続けた。

「ちょっと、コルセット締めすぎよ！　これじゃあ息ができなくて気絶してしまうわ」

「ねえ、背中のリボンが曲がっているんじゃなくって？　もっときっちり結びなさいよ」

「あら、袖のレースが少し綻んでいるみたい。どうして縫っておかないのよ」

侍女たちは申し訳ございませんと謝罪を繰り返しながら、王妃様を満足させるべく奮闘する。

化粧台の前に座った王妃様の髪を結い、ぱたぱたと化粧を施すと、王妃様は唇をへの字に曲げて自分の顔をジロジロ見つめた。

「……なんだか顔色が悪く見えるわ。髪型もいまいち。ねえ、そこのあなた」

王妃様がコレットを見てびしりと指差す。コレットは緊張と恐れで体を硬直させつつ、かろうじて返事をした。

「は、はい。なんでしょうか」

「アクセサリー置き場から、ルビーのついたネックレスを出してきて。ほら、夫が私の三十歳の誕生日に贈ってくれたものよ」

「かしこまりましたっ」

コレットは部屋の隅にあるキャビネットに駆け寄り、引き出しを開ける。ずらりとネックレスが並んでいた。ルビーのついたネックレスだけで、十種類もある。

どうしようとコレットは途方に暮れ、他の侍女たちをそーっと見たが、誰もコレットと目を合わせようとしない。「国王陛下が王妃様の三十歳の誕生日プレゼントに贈ったネックレス」がどれなのか、誰も知らないのだ。

「早くしてちょうだい」

「は、はい！」

コレットはとりあえず一つネックレスを取り出すと、トレーに載せて王妃様の前に差し出す。途端に王妃様の機嫌が悪くなった。

「違うわよっ、これじゃないわ！」

「申し訳ありません！」

結局目当てのネックレスに当たるまで五往復ほどこのやりとりを繰り返し、王妃様はすっかり機嫌を損ねてしまい、コレットは泣きたい気持ちで痛む胃を押さえた。

（……お仕事、辛《つら》い。楽しくない、辞めたい……）

◆◇◆

「お屋敷のお仕事、よし！　完璧に全てを終わらせたわ！」

リリカはウィルジアを見送った後の屋敷の中で、一人元気に声を出した。

本日は王宮に王妃様のご様子を見にいく日である。なのでお屋敷の仕事を迅速かつ丁寧に、一つの抜けもなくこなした後、戸締りをきっちりとしてから森を出て、王都の隅で乗り合い馬車に乗って王宮へ向かった。

リリカは気持ちが少し高揚していた。

（王宮、どんなところかしら。ヘレンおばあちゃんが昔お勤めになっていたところなのよね）

リリカの育ての親であり使用人としての師匠であるヘレンは、長らく王宮に勤めていたらしい。なのでリリカの仕事先がウィルジアのお屋敷と決まった時、おばあちゃんは張り切ってリリカに王家に関する様々な知識を授けてくれた。

特に王妃様に関する事柄は膨大だった。

おばあちゃんは王妃様の側仕えをしていたので、王妃様の趣味嗜好を知り尽くしていたのだ。

「王妃様はウィルジア様のお母上様、覚えておけばいずれ役に立つ日も来るだろう」と言っておばあちゃんはリリカに王妃様に関する知りうるすべてを教えてくれたのだ。

だからこその、お屋敷に来た時のあの対応力である。

しかし王妃様のご様子からして、王宮の侍女たちはどうも王妃様のお心に添えていないらしい。

一体なぜなのか、リリカは原因を探るべく、王宮を目指した。

乗り合い馬車を降りたリリカは、そびえ立つ王宮を見上げる。王宮はそれ自体が一つの街かと見《み》紛《まが》うほどに大きく、豪奢《ごうしゃ》な馬車がひっきりなしに行き交っていた。

使用人用の出入り口から王宮内部に入ったリリカは、王妃様のおわす部屋の前にやって来た。扉をノックしてから開くと、十人の侍女に囲まれた王妃様が手紙を書いているところだった。

「失礼いたします」

と言って突如やって来たリリカを、王妃であるエレーヌはものすごく歓迎してくれた。

「待っていたわぁ、リリカ！　やっとわたくしに仕える気になってくれたのね！」

と言って嬉々とする様子のエレーヌに、

「ウィルジア様のお許しを得て、日中限定でご様子を伺いに参りました」

と告げれば、唇を尖《とが》らせて少し不服そうな様子を見せる。

「ずっと王宮にいてくれればいいのに……まあいいわ。今、先日行われた夜会のお礼の手紙の返事を書いているところなの。これが終わったらティータイムにするわ」

それからエレーヌは、部屋に並んだ侍女たちに視線を送って冷ややかに一言。

「今日のティータイムはリリカに全てをやってもらうから、お前たちは何もしなくてよろしい」

ずらり控えた侍女たちは、誰も彼もがエレーヌをまるで歩く爆弾であるかのように恐れ、怯《おび》えた目つきで見つめつつ頷いた。

リリカは、どうしてこんな萎縮しているのだろうと考え、そして次に流石《さすが》に人数が多すぎやしないかと思った。

ヘレンおばあちゃんは言っていた。

「王妃様はいつも大勢の方に囲まれて社交界を渡り歩いている。だから私室でおくつろぎになるときは、わし以外の人間を置かなかった。きっと、人が多いのが本当はお嫌いなんだろうね」と。

だから十人も侍女がいるという事実に驚きを隠せないし、手紙を書いているだけの王妃様の周囲にこんなにたくさん侍女が張り付いていなくてもいいだろうと思った。

「エレーヌ様、私、ティータイムの準備をして参ります」

「わかったわぁ。よろしくね、リリカ！　それと、他の者も下がってよろしい」

王妃様の一声で、侍女たちは肩をすくませ小刻みに震えながらそそくさと部屋を退出した。

部屋を出た侍女たちは、口々に「怖かった……」「退室命令が出て助かったわ」などと言いながら使用人用の通路を通って厨房に向かう。

オレンジ色の髪を一つ結びにした侍女が、疑わしげな表情でリリカを見つめてきた。

「……あなた、随分エレーヌ様に気に入られているようだけれど、大丈夫かしら？　ミスをすると私たちまでお叱りを受けることになるのよ」

「はい、ミスをしないよう努力します」

リリカは頷き、力強く答える。オレンジ髪の侍女は「ふぅん」と答え、深々とため息をついた。

「まぁ、どうせ怒られるのはいつものことなんだけれど。あぁ……この数日はティータイムになるとお出かけになるから、ホッとしていたのに。どうして戻って来ちゃったのかしら」

すると他の侍女たちも同意する。

「本当に。どんな紅茶を淹れたって渋いだの薄いだの言われるから、もうやる気がなくなっちゃうわ」

「大体、好みが細かすぎるのよ。どうして一杯ずつ違う茶葉に変えなくちゃいけないの？」

「ミルクや砂糖の量なんて、ご自分で調整されればいいのにって、私いつも思っているの」

などなど。ネガティブ発言のオンパレードである。

「でも、今日は何もしなくていいって言われているし、ちょっとは気が楽ね」

「本当に。あなた、リリカだっけ？　お叱りを受けてもくよくよしすぎないでね。何せ王妃様がお怒りになるのは日常茶飯事なんですから」

励まされているのだろうか。リリカは彼女たちの言動を見聞きし、心に誓った。

――これは、彼女たちの意識から改革せねばならないと。

「すみません、王妃様のティータイム用の茶菓子を取りに参りました」

「あぁ、そこに準備できている」

厨房にたどり着くと、料理人の一人がリリカに対してそう答えた。

三枚の皿には色とりどりの茶菓子が並んでいて、非常に美味しそうだ。

しかしリリカは一発である異変に気がついた。

「このパイ、ラズベリーパイですよね？」

「ん？　王妃様がお好きなのはラズベリーパイだろ」

「いいえ、ブルーベリーパイです」

「あれ、そうだったっけ？　確かブルーベリーパイはお嫌いじゃなかったか」

「逆です。王妃様はブルーベリーパイが好きで、ラズベリーパイはお好みではありません」

「……あぁー、そうだったか。いや、似ているからいつも間違えるんだ。ごめんごめん、ほら、こっちがブルーベリーパイ。どっちだかわからんから両方焼いておいてよかった」

料理人がパイを差し替えるのを確認してから、リリカはワゴンにお皿を載せて銀のドームを被《かぶ》せて茶菓子に埃が入らないようにしつつ、素早くサロンに向かった。やや早足で、迷いのない足取りでサロンに向かうリリカの後を、残りの侍女たちが小走りになってついてきた。

「ねえ、あなた、王宮は初めてでしょう？　どうしてサロンの場所を知っているの」

「私の師匠が王宮に勤めていたので、教えていただきました。王宮内の見取り図は頭の中に叩《たた》き込《こ》んであります」

「そ、そうなの。すごいわね……」

「それより、急ぎましょう。もうすぐ王妃様のお茶のお時間。早く準備しないと間に合わなくなります」

リリカは嫌な予感がして、ワゴンを押しつつ猛然とサロンに向かって疾走した。ワゴンを給仕用の部屋に置くと、サロンの中を確認する。

冬の陽光が降り注ぐサロンの中には、堂々と王妃様が嫌いな真っ赤なラナンキュラスが花瓶に生けてあった。

「大変です、花が間違っています！　王妃様がお好きなのは、花びらが白で縁取りがピンクのラナンキュラスです！」

リリカが言うと、銀髪をツインテールにした侍女が慌てて走ってきて花瓶を持ち上げたが、大きな花瓶は小柄な彼女には支えきれずバランスを崩して花瓶の中身をぶちまけそうになった。

「危ないっ！」

リリカは絨毯《じゅうたん》を蹴り、軽やかに跳躍すると花瓶をキャッチして着地する。一滴の水もこぼさずに済んだことに安堵《あんど》しつつも、花瓶を抱えて居並ぶ王宮の侍女の方を振り向いて言った。

「私、花を取り替えて来ますね！」

リリカは花瓶を持ってサロンを後にして、使用人用通路を走った。

王宮は当然だが広い。そして複雑だ。

おばあちゃんが「もしかしたらウィルジア様に同行して王宮に上がる日が来るかもしれないから、王宮内の構造を教えておこう」と言って教えてくれていなかったら、きっとリリカをしてもどこにどんな部屋があるかわからず、迷子になってしまっていただろう。

リリカはだだだだっと花瓶を持って全力疾走し、王宮内の花飾りを取りまとめている一室に転がり込んだ。

「すみませんっ、お花を差し替えたいのですが！」

バーンと扉を開けて突如花瓶を抱えてやってきたリリカを、室内にいた人々が呆気《あっけ》に取られて見つめる。

「それは、王妃様のサロンの花瓶かい？　さっき取り替えたばかりだよ」

「花の色が違うんです、ちょっと失礼しますね」

リリカは室内にある色とりどりの花を見回し、王妃様が好きな花びらが白で縁取りがピンクのラナンキュラスを見つけると、それらを中心にして花束を作り上げ、花瓶の花を差し替えた。

「おぉ、なんと素晴らしいセンス……！」

「上品かつ可憐、これこそが王妃様のサロンにふさわしい花束だわ！」

「ブラボー！」

室内にいた人々は、リリカが即興で作り上げた花束のセンスの良さに目を見張って口々に褒《ほ》め称《たた》えた。

「ありがとうございます。では、失礼いたします！」

リリカはお褒めの言葉に礼を言うと、再び花瓶を持ち上げて元来た道を戻り王妃様のサロンに入った。

「戻りました！」

「早っ、まだ五分しか経ってないわよ⁉」

オレンジ色の髪の侍女が驚きの声を上げたが、リリカは構わなかった。もう時間がない。花瓶を元の位置に戻すとサロンの前に王妃様がやってくる気配がした。

「まずい、扉をお開けしないと！　誰かついて来て！」

「はい！」

リリカは一人の侍女と共にサロンを横切ると、両開きの扉を開ける。

「お待ちしておりました、王妃様」

「あらぁ、今日はちゃんと私が好きな花が飾ってあるのね！　しかもセンスが最高だわ！」

部屋を見るなり王妃様はそんな声をあげた。ひとまず出だしは問題ないようだ。

「紅茶の用意をして参りますので、少々お待ちくださいませ」

「わかったわぁ」

王妃様はサロンに置いてあるゆったりとしたソファに腰掛け、給仕室に去っていくリリカともう一人の侍女を見つめていた。

給仕室に戻ったリリカは、ポンプで水を汲み上げるとやかんを火にかけて沸かし、ポットとティーカップにお湯を入れて温めてから一度お湯を捨て、ずらっと百種類ほどの茶葉の缶が並んでいる中から王妃様お気に入りの春摘みダージリンが入った缶を摑《つか》む。温めたティーポットの中にきっちり量った適量の茶葉を入れ、沸騰させたお湯を勢いよく注いだ。蓋を閉め、ポットとティーカップをワゴンに載せ、持参した砂時計も隣に置く。

そして直前までの慌ただしさを全く感じさせないように、一度深呼吸して気持ちを落ち着かせてから、給仕室の扉を開いてワゴンをごろごろ転がし、王妃様の前に姿を現し一礼した。

「大変お待たせいたしました。僭越ながら、本日は私がティータイムの給仕を務めさせていただきます」

「リリカの給仕を王宮で受けられるなんて、本当に嬉しいわぁ」

王妃様は花を愛でつつ大層機嫌よさそうに弾む声でそう言った。

王妃様の命令通り、王宮の侍女たちは一切手出しをせず部屋の隅に控えてリリカの動きを見守っていた。リリカのあずかり知らぬことだが、あまりにもリリカの手腕が完璧すぎて手伝う隙がないという理由もある。下手に手を出そうものなら、逆に足手まといになってしまいそうだった。それほどまでにリリカの動きは洗練されていた。

リリカはエレーヌに対して屋敷と変わらない給仕を始めた。

エレーヌは嬉々としてウィルジアの屋敷から持って帰った本を開くと、ゆったりくつろぎ出した。ティータイムの始まりだ。

サラサラと砂時計の砂が落ち切るのを見計らい、リリカはポットの中身をカップに注いでエレーヌへとサーブする。

同時に三段に重なったアフタヌーンティー・スタンドの用意をした。

エレーヌは一番上の皿に載った茶菓子を見て唇を弧に描いた。

「ちゃあんとブルーベリーパイが載ってるわね。さすがはリリカだわ」

「恐れ入ります」

壁際に控えたリリカはうつむいて気配を消し去り、エレーヌの読書の邪魔にならないようにする。そしてタイミングを見計らい、給仕室に引っ込んで二杯目三杯目と茶葉を変えた紅茶を淹れてエレーヌに差し出した。

約二時間のティータイムは非常に静かで穏やかな時間だった。

本に栞を挟んだエレーヌは、とても満足した面持ちでリリカを見る。

「あぁ、こんなに充実したティータイムを王宮で送れたのは、ヘレンがいた時以来よ！　リリカ、あなたって本当にとっても素晴らしい使用人だわ！」

「過分にお褒めいただき恐縮です」

「これで残りの公務も頑張れそうよ。とりあえずグロスター公爵夫人にお会いしてくるわぁ。じゃあまたね、リリカ」

「はい、行ってらっしゃいませ、王妃様」

リリカに見送られ、王妃様はサロンを後にした。給仕室へと引っ込んだリリカを、侍女たちがわっと一斉に取り囲んだ。その目は感動に満ち満ちている。

「疑ってごめんなさい、あなたってすごいのね！」

「あなたこそがエレーヌ様の専属侍女に相応《ふさわ》しいわ！」

「ティータイム中、一度も叱られないなんて、奇跡のよう！」

「あぁ、このままずっとエレーヌ様にお仕えしてくださらないかしら⁉」

詰め寄られたリリカは、むしろこの歓迎ぶりに驚いた。

オレンジ色の髪の侍女がリリカの手を取り、それから語り出した。

「私はミシュア。まだ働き出して半年だけど、王妃様付きの侍女頭をやっているの」

「半年で、ですか？」

「ええ。王妃様は小言が多いから、皆すぐに辞めてしまって、これでも私が一番の古株なのよ。だから仕方なく侍女頭を任されているのだけど、もう本当に限界だったの」

そしてミシュアは理由を語り出した。

エレーヌ専属の侍女たちは、全員この役職を辞めたがっている。

せっかく王宮の侍女という高待遇の仕事にありつけたというのに、エレーヌの高すぎる要求ラインを越えられずに皆辟易《へきえき》としていたのだ。

王宮の侍女、というポジションはキープしたまま、他の人の侍女になりたいわと全員が考えていた。

王族付きの侍女というのは、貴族の子女が多い。

子爵家や男爵家の末娘でもはや娘を貴族学院に行かせるお金がない者だったり、かつての名家で今や没落寸前の家の娘だったり、あるいは単なる花嫁修業の一環で送られて来たりと様々だが、兎《と》にも角《かく》にも貴族の令嬢がほとんどだ。

そうなると彼女たちは、侍女として働きながら自身の結婚相手を探していたりする。

例えばそれが、外交官である第一王子だったら。軍部に在籍する第二王子だったら。政策に長けている第三王子も捨てがたい。

既に結婚している王子もいるが、一緒にいれば相応の方たちのおもてなしをしたりお世話をする機会が訪れる。そうすれば独身の青年貴族の一人や二人と知り合える機会だってきっとあるはず。

普段ならば絶対にお近づきになれない雲の上のお方の専属侍女になって、彼らや仲の良《い》い方々のお心を射止められないかしらと夢見ながら王宮に上がった者たちだ。

しかし現実に待っていたのは、ティータイム一つとっても注文が多い王妃エレーヌ様の侍女。これでは出会いなどとてもではないが期待できない。

やる気が半減しているところに、王妃様からお叱りを受ける日々。

一人の侍女が、涙ながらに訴えた。

「お願いよ、私もうこの職場に耐えられないの」

「毎日毎日、お叱りを受けて……褒められたことなんて一度もないのよ」

「あなたさえいてくれれば、万事が解決だわ」

リリカを囲む輪が縮まる。絶対にリリカを逃すまいとする意志が、十人の侍女たちからは感じられた。

リリカは王宮にやって来た時からずっと思っていたことを、彼女たちに向かって言った。

「皆様は、何か勘違いをしていらっしゃいます」

「え?」と全員が首を傾《かし》げた。リリカは背筋を伸ばして凛とした面持ちで、居並ぶ面々を見回した。

「使用人というのは、誇りを持ってご主人様にお仕えするのが仕事です。私利私欲を捨て、滅私奉公の心を持って日々全身全霊でご主人様のために働く、それこそが私たちの務めではないでしょうか」

「………」

全員が押し黙った。

「エレーヌ様がお叱りになるのは、皆様に期待している証拠。『これくらい、できて当然』という要求に応え、さらにそれを上回ってこその使用人」

そう、彼女たちは全員、意識からして間違っている。

王妃様とてできれば小言など言いたくないだろう。こちらが王妃様の意図を汲んで期待以上の働きを見せれば、お叱りなど受けずに済むのだ。その証拠に王妃様はリリカに一度も叱責の言葉などかけたことはない。王妃様は理不尽に怒鳴り散らすようなお方では断じてない。

リリカはさらに言葉を重ねた。

「大丈夫です、王宮勤めが許された皆様ならば、絶対にできます。見事にエレーヌ様のご期待に応えてみせ、そしてエレーヌ様からお褒めの言葉をいただきましょう」

侍女たちからは、戸惑いの雰囲気が感じ取れた。目配せしあい、何か言おうと試み、しかし何も言えずに口を閉ざす。

皆、心のどこかではわかっているのだろう。

エレーヌ様がお怒りになるのは、自分たちが不甲斐《ふがい》ないせいだと。そのせいで余計な心労をおかけしてしまっていると。

リリカは瑠璃色の瞳で一人一人の目をしっかり見つめる。

「微力ながら私も協力しますので、皆で頑張りましょう！」

やがて、銀色の髪をツインテールにした一人の侍女が、ためらいながらも小さく首を縦に振った。それを皮切りに、次々に頷き合う。

「よし、では、『エレーヌ様専属侍女チーム』結成です！」

リリカは拳を突き上げ、「おー！」と言った。皆がつられて拳を天井にむけ、「お、おー」「おー」と言った。

「もっと大きな声で！　さん、はい！」

「「「おー！」」」

リリカの鼓舞で十人の声が見事にハモる。

ここに、リリカを筆頭とするエレーヌ様専属侍女チームが結成された。

なおこの日のエレーヌはティータイムの後非常に機嫌がよく、たくさんの人が集まる夜会をいつになくそつなくこなしたという。

◆◇◆

コレット・フィッツロイは本日の出来事にとても感動していた。

突如王宮にやってきたリリカという名前の使用人は、これまでコレットが出会った誰よりも素晴らしい働きを見せた。

特にコレットが感動したのは、最後のお言葉だ。

リリカはコレットたちを非難したり貶《おとし》めたりせず、励まし、一緒に頑張ろうと言ってくれた。すごかった。素晴らしかった。「お姉様」と呼びたくなるような頼もしい存在だった。

あの人とならば一緒に働きたいなぁとコレットは思う。

そうしてリリカの顔を思い浮かべてニマニマしていると、玄関の扉が開いて兄が帰って来る物音がした。

「ただいま……おや、コレット。今日はいつもより機嫌が良さそうだね」

「おかえりお兄ちゃん。わかる？」

「わかるよ。なんだか表情がイキイキしている。王宮でいいことでもあったか」

「うん、実はそうなの」

コレットは銀髪をいじりながら、今しがた帰宅したばかりの兄に今日あった出来事を話した。

「王宮に新しくすごいお仕事ができる方が来てね。今日はティータイムの間、王妃様の機嫌がずっと良かったの。それにとっても前向きな方で、一緒にいるとなんだか元気が出てくるんだ」

「それはいい人がやって来たな」

「うん。明日からもしばらく来てくださって、一緒に王妃様のお世話をしてくださるって」

「なら、コレットもより一層力を入れて働くんだぞ」

「そうする」

コレットは王宮で働き出して初めて、早く明日にならないかなと思いながら夜を過ごした。

７　リリカの往復生活

リリカのお屋敷と王宮を往復する生活が始まった。

朝、ウィルジアを仕事へと見送ったリリカは、素早く屋敷での仕事を終わらせて、ウィルジアの許しを得て購入した馬に乗って王宮へと向かう。

当然、リリカは馬に乗れる。

おばあちゃんが「使用人たるもの、ご主人様の鷹狩《たかが》りに付き合うのも仕事の一環。馬にくらい乗れなくてどうする」と言って乗馬を習うようにと言ったのだ。

リリカの乗馬技術はなかなかのもので、疾走する馬上で膝を使って馬の腹を挟み込み器用に立ち上がり、矢をつがえて弓を引き絞り、五十メートル先の上空を飛ぶ鳥を射落とす腕前を持っていた。

これは鷹狩りにおいて主人が成果を上げられなかった時こっそりと獲物を用意しておくための技術であり、また森で暗殺者が現れた場合に秘密裏に処理するために必要な技でもあった。

そんなわけでリリカは紺色の裾長の使用人服をはためかせながら、王都外の森にあるウィルジアの屋敷から王宮までパカラッパカラッと馬を駆る。

リリカを見た人々は驚き、子供は指差して「あのメイドのお姉ちゃん、すごーい！」と言ってはしゃいだ。リリカは馬上から笑顔で手を振って応じた。

馬を購入したおかげでだいぶ時間短縮ができ、リリカはまだティータイムにはかなり早い時間帯に王宮にたどり着くことができた。

この時間であれば、きっと王妃様はまだ昼のお召し替えの最中だろう。

リリカは使用人用の扉から王宮内に入ると、一目散に王妃様と侍女たちがいる一角を目指す。こんこんと扉をノックし、出てきた侍女はリリカを見るなり「待っていたわ！」と喜びを露《あら》わにしてリリカを室内に引き入れた。

「王妃様、今は昼用のドレスにお召し替えになっているのだけど、機嫌が悪いから気をつけて」

「承知しました」

小声で言われて小声で返事をしたリリカは、ドレスルームの中へと入っていく。

「失礼します」

「あらぁ、リリカ。今日は早いのね。……ちょっとそこのあなた、ドレスに似合うサファイアのイヤリングを取ってきてちょうだい。結婚二十周年記念に隣国のコヴェントリー王族夫妻が贈ってくださったあのサファイアよ」

「は、はい！」

銀髪をツインテールにした侍女が慌てて宝石が収納されているキャビネットに近づいて引き出しを開け、そして途方に暮れてこちらを見てきた。

リリカはそっと侍女に近づくと、引き出しの中を確認する。

なるほどサファイアのイヤリングが八種類ほどずらっと並んでいる。リリカは銀髪ツインテールの侍女にそっと耳打ちした。

「隣国のコヴェントリー王族夫妻がお贈りになったイヤリングは、右から二番目のものです」

侍女ははっと我に返り、リリカが指示したイヤリングをトレーに載せる。

「それからこのイヤリングには、こちらのネックレスが似合うと思いますよ」

リリカは別の引き出しを開けて、大粒のサファイアの周りに小粒のダイアモンドがちりばめられたネックレスを推薦した。

侍女はそのネックレスをハンカチでそうっと包んでつまみあげ、イヤリングの隣に並べると、王妃様の所へと運ぶ。

「お待たせいたしました、こちらイヤリングと、それからネックレスも……」

「あら、ちゃんと持ってこられたじゃない。ネックレスまで、センスいいわね」

王妃様の耳と首元が美しい青のサファイアで彩られ、白い肌がますます輝いて見えた。

褒められた侍女はすすすと後退《あとずさ》りしてリリカの所までくると、尊敬の眼差《まなざ》しでリリカを見上げてくる。

「あの、ありがとうございます！」

小声で礼を言われてリリカは「お安い御用です」とにこりと笑った。

「さて、昼食は会食よ。わたくしは広間に向かうわ。その後はまた部屋に戻ってお手紙の続きを書くけど、その間あなたたちは来なくてよろしい」

「はい、行ってらっしゃいませ」

侍女たちは去りゆく王妃様を見送った。扉が閉まると、全員胸を撫で下ろす。

「リリカが来てくれて、助かったわ……」

「王妃様の宝飾品のご指定方法がよくわからないのよね」

「誰々からもらったって言われても、そんな話、私たち誰からも聞いていないから」

「聞いていない、んですか？」

リリカが首を傾げて問いかけると、侍女頭のミシュアを筆頭に全員が頷いた。

「ええ。昨日も言ったように離職が早くて人員の入れ替わりが激しいから、誰も王妃様の持つ品について正確に把握できていないのよ」

「⁉　それは、大問題ではないでしょうか⁉」

リリカはまさかの展開に驚いた。

リリカのおばあちゃんは「使用人たるもの、ご主人様の持ち物は正確に把握していて然るべし」と口を酸っぱくして言っていた。なので当然、王宮の使用人たちは全ての王妃様の持ち物を細かく記憶していると思っていたのだ。

だが実際には、そうではなかった。リリカは焦った。

「皆様っ、私がお伝えしますので、今から覚えましょう！」

「でもこんなに全部、覚えきれるかしら……」

「覚えられないならば、メモに書いて持って歩きましょう。皆様、文字は読み書きできますか？」

これに対して十人の侍女全員が頷いた。リリカは小さく拍手した。

「さすがは貴族家の子女の皆様。では、早速エレーヌ様のお持ち物に関する仔細を書き記して参りましょう！　いいですか、せっかくなのでジュエリーから参ります！」

リリカは全員が紙と羽根ペンを持ったのを確認すると、エレーヌのジュエリーの詰まったキャビネットを上から順に開け、次々に説明をしていく。

「まず、一番上の段に置いてあるのが公式行事でよく身につけていらっしゃるノーブル・ジュエル。ダイアモンドの首飾り、イヤリング、ティアラがセットになった一式ですね。それから隣に置いてあるのが王妃様がご婚約の際、先代陛下より賜ったヴィクトリアン・ティアラ。独特なデザインで覚えやすいですね。そしてその隣のティアラは陛下のお祖母様より譲り受けた、アン王妃様のダイアモンド・ティアラです」

リリカはジュエリー・キャビネットを次々に開けては中の宝飾品類の特徴や誰からもらったものなのか、いつ身につけるものなのかを仔細に語った。

おばあちゃんが語ってくれたおかげで、リリカは王宮で仕えるエレーヌ専属侍女以上に王妃様に詳しい。

今こそ持てる全ての知識を余すところなく伝えて、共有するのだ。きっとそのために、おばあちゃんはリリカにさまざまな王妃様に関する事柄を教えてくれたのだろう。

リリカはきっかり一時間ジュエリー講座を開いた後、素早くキャビネットの引き出しを閉めてから言った。

「ひとまず皆様、今のお話でわからない部分はありましたか?」

誰も手を挙げなかったので、リリカはにっこりした。

「さすが、貴族のお家出身の皆様は飲み込みが早いですね！　もしわからないことがあれば、いつでも聞いてください。では次は、ティータイムの準備に参りましょう！　えいえいおー！」

「おー！」

リリカが張り切って拳を突き上げると、十人の侍女も真似《まね》をした。

リリカはティータイム前にこれまた事細かにエレーヌの好みをそらんじた。

お湯の温度、茶葉の種類、蒸らし時間、紅茶の淹れ方に至るまでとにかく仔細に説明した。

一人一人が間違いなくメモできているかを確認したリリカはパチパチと拍手した。

「皆様間違いなく記入できていますね、素晴らしい！」

「でも、いちいちこれを見ながら準備していたら、時間がかかってお叱りを受けるのでは」

ミシュアと名乗った侍女頭が心配そうに言うので、リリカはフォローする。

「間違えるより全然良いですよ。エレーヌ様には私から大目に見ていただくようお伝えいたします」

全員、メモを使用人服のエプロンについているポケットに忍ばせる。

こうしてメモを逐一取ってもらうのには、ちゃんとした理由があった。

リリカが思うに、彼女たちが失敗する原因はいくつかある。

第一に、エレーヌの細かい要求の全てを暗記しようとしていること。

ラズベリーとブルーベリーだったり、淹れる紅茶の順番だったり、好きな花が同じ種類で色違いだったりと、王妃様の要望は確かに間違えやすいものが多い。

なので先にメモを取ってしまえば、間違いは格段に減るのではないかと考えたのだ。

「ではどなたか、今のメモを持って、厨房に茶菓子を取りに行ってください」

「では、私が行きます。コレット、ついて来てちょうだい」

「は、はい」

ミシュアが率先して手をあげ、銀髪ツインテールのコレットという名前の侍女を引き連れて厨房へと向かった。

サロンの中を覗《のぞ》くと、花は昨日リリカが生けたものがそのまま飾ってあった。まだまだ瑞々《みずみず》しいので、今日のところはこの花のままでいいだろう。

リリカは給仕室に戻ると、残る八人の侍女たちに紅茶の淹れ方を実践で教えた。

「良いですか、茶葉はきっちり計量してください。そしてお湯の温度も重要です。沸騰したての空気をたくさん含んだお湯を使い、そしてお湯は勢いよく注ぐこと。蒸らし時間は砂時計で正確に測って、そしてカップに紅茶を注ぐ時は最後の一滴まで無駄にせずに注ぎきります」

リリカが淹れた紅茶を飲んだ侍女たちは、ほうと息をついた。

「美味しい……！」

「雑味もえぐみもないわ」

「こんなに美味しいなら、確かに王妃様も納得なさるわね」

「では皆様もどうぞ、やってみてください」

リリカの声かけで八人の侍女たちが紅茶を淹れていると、ミシュアとコレットが茶菓子を載せたワゴンを押しながら戻って来た。

「戻りました！」

リリカは念《ねん》の為《ため》銀のドームを開けて茶菓子の確認をする。

「全部、王妃様のお好きなお茶菓子ですね」

「早速、メモを見ながら料理人とも確認をしました」

「さすが、飲み込みが早いですね！」

ミシュアの言葉にリリカが賞賛の言葉を送る。

その時、廊下の方からドレスが床を擦る音と靴音が聞こえてきた。

「王妃様がいらっしゃるわ」

十人の侍女たちが、緊張に表情を硬くする。

これこそが第二の問題点。

彼女たちはエレーヌを恐れるあまりに緊張してガチガチになり、動きがこわばってしまっている。

「失敗しないように、失敗しないように」と考えるあまりに体が震え、表情が険しくなったり、花瓶を落としたりするのだ。

侍女たちを見回して、リリカは励ました。

「良いですか、あまりエレーヌ様を恐れて、顔色を窺《うかが》わないようにしてください。使用人たるもの、ご主人様の要求に迅速に対応すべく一挙手一投足に目を光らせるのは当然ですが、だからと言ってビクビクする必要はありません。毅然《きぜん》とした態度で、粛々と業務をこなしましょう！」

侍女たちは、まだ不安そうではあったものの、リリカの言葉にしっかりと頷く。

「ぞろぞろ十人もお部屋にいては王妃様がお寛ぎになれないでしょうし、サロンには私を含めて四人までにしましょう。残る方々は先ほどのメモを見返しつつ待機していてください」

「では、侍女頭の私から給仕をさせてもらえませんか？」

ミシュアが手を挙げ、次におずおずとコレットも手を挙げた。

「では、私も……」

最後にそばかすが特徴的なサラという侍女が名乗り出てくれ、メンバーが決まった。

「では、ひとまずミシュア様とコレット様は王妃様の出迎えをお願いします。サラ様は紅茶を淹れてみましょうか」

「「「はい！」」」

リリカの声かけで三人は動き出す。王妃様が部屋に入り、リリカはサラが紅茶を完璧に淹れたのを確認し、サラはティーセットの載ったワゴンを押してサロンに入室する。

部屋に入ったリリカは、開口一番こう言った。

「王妃様、本日から私はサポートに回ります。王妃様の侍女が給仕を務めますのでよろしくお願いいたします。最初のうちはメモを見ながらの給仕となり、少々お時間をいただくかもしれませんが、何卒《なにとぞ》ご容赦いただけますか。至らない点は私が全力でフォローいたします」

するとと王妃様は唇を尖らせて少々不満そうな顔をした。

「えぇ～。まあ、仕方がないわね。ミスを連発されるよりマシだわ」

「寛大なお心、ありがとうございます」

そして三人による給仕が始まる。

リリカの励ましが効いたのか、三人の動きには若干のたどたどしさがあるものの悪くなかった。アフタヌーンティー・スタンドを組み立て、砂時計で正確に時間を測った紅茶を淹れ、お出しする。一口飲んだ王妃様も、「あら、悪くないじゃないの」と感想を漏らしていた。

壁際に控える四人の使用人。時折リリカが合図を出し、二杯目三杯目の紅茶を淹れ、お出しする。

着々と時は刻まれてゆき、緊張の時間が過ぎ去っていく。そして王妃様は本に栞を挟むと、パタンと閉じた。

「あぁ、もうおしまいの時間ね。さ、夜会に備えなくちゃ」

四人は目配せし、小さく拳を握った。

二時間のティータイム中、一言のお叱りも受けずに済んだのだった。

王妃様が退出された後、給仕室でリリカと十人の侍女たちは反省会を開いた。

「ねえリリカ、あなたってすごいわね。まさかこんなにも王妃様について詳しいなんて、思ってもいなかったわ」

「本当に。ジュエリーまで把握しているなんてすごいのね」

侍女たちは言いながら、先ほどの膨大なメモたちを見返し始める。

「これだけ情報があれば、王妃様のご要望にきっと応えられるわね」

「きちんと覚えないと」

「今日は夜にご予定がなくって少し時間が余っているから、暗記に時間をあてられるわね」

侍女たちは自主的にメモを見ながら話し合い、リリカはよしよしと思った。皆の職務に対する気持ちが上向きになれば、俄然ミスは減るだろう。

「では、私はそろそろお屋敷に帰りますので、また明日来ますね」

「ええ、ありがとうね」

「明日も待っているわ」

「はい！」

リリカは返事をし、屋敷へと去って行った。

◆◇◆

リリカの往復生活は続く。

朝も早よからせっせとお屋敷仕事を終わらせ、王宮に行く。

王妃様の持つドレスや宝飾品、靴などの所持品に関する事柄から、王宮内の散歩ルートや散歩時に持っていくもの、差しかける日傘の角度、就寝前に召し上がる葡萄酒《ぶどうしゅ》、交友関係に至るまで日々さまざまな知識を伝え、それから王妃様のお世話をする侍女たちのサポートをする。

時間ギリギリまで王宮で過ごした後、全速力で馬を駆けさせて市場に行きウィルジアのために食材を買い込み、屋敷に帰って夕方の仕事を終わらせる。

屋敷に戻ったウィルジアを「おかえりなさいませ、ウィルジア様」と労《ねぎら》いの言葉と共に迎え入れ、本来の主人のお世話をした。

ウィルジアはいつもと変わらない様子で夕飯の給仕をするリリカを心配そうに見つめてきた。

「リリカ、大丈夫かい？　往復生活は大変じゃないか」

「いいえ、楽しくやっております」

「本当に？　無理がありそうだったら遠慮なく言ってくれ。僕の世話は適当でいいから、休むんだよ」

「はい、ありがとうございます」

ウィルジア様は優しいなぁ、とリリカは思った。自分の世話より使用人の体調を優先して考えてくれる主人など、そうはいないだろう。

確かに今現在のリリカの生活は、朝起きてから夜眠るまで一秒の休みもなく動きっぱなしであるが、特に大変だとか疲れたとか思ったことはない。

そもそも王宮に行くと言い出したのはリリカだし、王妃様付きの侍女たちを一人前にしようと決めたのもリリカだ。全ては自分が蒔《ま》いた種なので、責任を持ってやり遂げる必要がある。

だからリリカは申し出をありがたく受け取りつつも、ウィルジアのお世話の手を抜くつもりは一切なかった。

「あの母は無茶ばかり言うことで有名だから、あまり気にしないでくれ」

「王妃様も公務で大変でしょうから、私たち使用人がサポートするのは当然の務めです」

「まあ、君は母の使用人じゃないけど」

「はい。ですので私がいなくとも王妃様付きの侍女の方々が完璧に全てをこなせるよう、現在私が持てる全ての知識を共有中でございます」

「どうして王宮で働いているわけでもない君が、誰よりも母のことを知っているんだろう……」

ウィルジアが遠い目をする。リリカはニコニコしながら答えた。

「私はウィルジア様の使用人ですので、ウィルジア様のご家族のことを知っているのは当然です」

「うん、そっか。リリカがそう言うなら、そうなんだろうね」

もはや規格外の能力を持つリリカについて、ウィルジアは深く考えることをやめていた。

◆◇◆

「皆、リリカが帰った後も気を抜かないで頑張りましょう」

「はい！」

侍女頭ミシュアの声かけに全員が異口同音に返事をする。

王妃様付きの侍女たちは、充実感に満ちていた。

何をやっても叱られてばかりで萎縮しまくっていた彼女たちだったが、最近は違う。指導者を得た彼女たちは、リリカの指示に真面目に従った。

「さあ、王妃様の夜のお召し替えの時間よ。今日の夜会にはたくさんの招待客がいらっしゃるから、王妃様をとびきり素敵に着飾って差し上げましょう」

「はい！」

ドレスルームで待つ王妃様の下へと馳《は》せ参《さん》じる。

「王妃様、本日のドレスはどれに致しましょうか」

「そうねぇ。ソプラヴェステにしようかしら。襟が詰まっているタイプの、ベルベットの赤いものを」

「かしこまりました」

王妃様の指示に従い一人の侍女がドレスを取りに行き、その間に今着用している昼用のドレスを脱がせてコルセットも取り替えた。

侍女の一人、そばかすが特徴的なサラはコルセットを王妃様に着けながらリリカが言っていたことを思い出す。

『いいですか、コルセットのリボンは締めすぎず緩すぎず、絶妙なバランスを保つ必要があります。まずは前部分の留め具を留め、それから腰部分の長いリボンを引っ張り、上に向かって順番にリボンを締めていきます』

（ただ締めて細くするだけじゃなく、王妃様のウエストラインを気にしながらリボンを締めていく……）

「あら、今日は上手《うま》くコルセットが着られているじゃないの。苦しくないわ」

王妃様は感心したように言い、サラは内心で安堵した。

次にミシュアが持ってきたベルベットのソプラヴェステに袖を通してもらい、化粧台の前に移って化粧と髪型を整える。

化粧担当の侍女も、髪型担当の侍女も、メモを見てから仕事に取り掛かった。

夜会の時は王妃様の顔色が良く見えるように、オレンジ色のチークとラメが入ったアイシャドウ、リップはローズレッドであまり塗りたくらずに派手さを抑えめにする。

詰襟のドレスの時の髪型はすっきりとした夜会巻きで、あまり凝りすぎないこと。

完成すると王妃様は立ち上がり、髪型とドレスの具合を巨大な全身鏡の前でチェックした。

「このドレスに似合うのは、やっぱりルビーよねぇ。一粒ルビーのネックレスとイヤリングのセット、それから髪飾りもルビーをあしらったものにしましょ。ほら、エルダスタ・ルビーの一式よ」

コレットは銀髪をなびかせながらジュエリー・キャビネットに小走りに近寄り、引き出しを開ける。

一粒ルビーのネックレスは二種類あった。ポケットに忍ばせてあったメモを引っ張り出して確認する。

（エルダスタ・ルビーは楕円形《だえんけい》の一粒ルビーの周囲に小粒のダイアモンドがあしらわれたセット

……）

コレットが再びルビーのネックレスに視線を戻す。一つは長方形、もう一つは楕円形。なるほどわかりやすいと思いつつネックレスをトレーへと載せ、イヤリングと髪飾りも同じく楕円形の一粒ルビーのものを選んで王妃様の下へと持って行く。

「そうそうこれよ、これ」

どうやら正解だったらしい。コレットはジュエリーの説明をしてくれたリリカに心の中で感謝しつつ、ネックレスとイヤリングを王妃様の身につけた。

最後にもう一度鏡で全身を隈《くま》なくチェックした王妃様は、非常に満足そうに言った。

「完璧ね！　あなたたちったら、やればできるじゃないのぉ！」

侍女たちは「恐れ入ります」と頭を下げ、こっそり目配せしあい、にこりと微笑む。

エレーヌ様専属侍女チーム、大勝利の瞬間だった。

◆◇◆

翌日にリリカが王宮に来るのを待ち構えていた侍女たちは、リリカが使用人用の部屋に入ってくるなり取り囲んで大歓迎し大はしゃぎした。

「待っていたわ、リリカ！」

「聞いてくれる？　昨日の夜会から今日の昼のお召し替えまで、私たち、一度もお叱りを受けていないの！」

「リリカが教えてくれた通りにしたらね、びっくりするくらい上手くいったのよ」

「全部あなたのおかげだわ！」

リリカはかけられる感謝の言葉ににっこり微笑みながら答える。

「私は少しお手伝いをしただけで、皆様が真摯にお仕事に向き合った結果です。さすがは王宮で働く方たち、飲み込みが早くて素晴らしい」

侍女たちは満更でもない笑みを浮かべた。互いに顔を見合って、「そうかしら？」「リリカが言うなら、そうかも」などと言っている。

これこそが第三の問題点解決のためにリリカが取った方法である。

王宮生活でリリカは、ことあるごとに侍女たちを褒めた。

「王妃様の髪飾り、ばっちりですね」「この紅茶、完璧な温度！」「さっきエレーヌ様、ニコッとしてくれましたよ！」「今新しいお茶菓子を取りに行こうとしていたんです、持ってきてくれて助かりました」などなど。

王妃様の叱責により打ちのめされて自己肯定感低めの侍女たちの気分を上げるべく、どんな些細《ささい》なことでも良いところがあれば必ず褒めた。めちゃくちゃ褒めた。

人間、褒められると気分が上がる。

初めはたどたどしかった彼女たちも、段々その気になってきて、目に生気が戻り、働く気力を取り戻した。

そうして過剰に王妃様を恐れることなく働けるようになった彼女たちは、「自分たちは誉れ高い王妃様専属の侍女である」というプライドを持つようになり、びっくりするくらいにミスが減ったのだ。

リリカは表情からして変わった侍女たちを頼もしく思った。

「もう私がいなくても、大丈夫そうですね」

「え……」

「リリカ、いなくなっちゃうの……？」

「そんな、寂しいわ」

突然のリリカの宣言に侍女たちはざわめく。

「私には本来の仕えるべきご主人様がいますので」

そう言われてしまえば、彼女たちにリリカを引き止める術はない。

侍女頭のミシュアが一歩前に進み出て、リリカの手をがしっと握った。

「リリカ、ありがとう。あなたが来てくれたおかげで、私たちは変われたわ。これからも王妃様をしっかりとお支えしていくわね」

「ええ、きっと皆様なら大丈夫です！」

リリカの王宮での最後の王妃様ティータイムが始まった。

脇に控えるリリカは、エレーヌ専属侍女たちの動きを見守る。

彼女たちは最初に見た時とはまるで別人のようだった。息のあった連携、きびきびとした動き、王妃様に臆することなく、しかし王妃様の意図を汲み取り先回りして全てを用意する。

（完璧ね……）

成長した彼女たちを見て、リリカの役目は完全に終わったと悟る。これで安心して、お屋敷に帰れるというものだ。

リリカはティータイムの終わり、パタリと本を閉じた王妃様に向かってそっと言った。

「王妃様、実は私、本日で王宮に参るのを終わりにしようと考えております」

「まぁ」

王妃様は目を見開き、美しい顔を歪めた後、そっとまつ毛を伏せた。

「寂しいけれど、仕方ないわね。あなたは本当ならばわたくしの侍女ではないもの」

それから顔を上げ、にっこりと微笑む。

「リリカのおかげでわたくしの侍女たちが全くミスをしなくなったわ。感謝しなくちゃ」

ティータイムの後に給仕室に集った侍女たちは、口々に感謝の言葉を述べた。

「リリカ、あなたの教えを胸に、私たちこれからも頑張るわ」

と侍女頭のミシュアが言い、

「あなたのおかげで働く楽しさを知ったの」

とそばかすが特徴的なサラが言う。他の侍女たちも、

「最近毎日がやりがいに満ちているわ」

「王妃様って、実はそれほど恐ろしいお方じゃあなかったのね」

「今までの私たちが間違っていたんだわ」

などと言う。出会った頃からは信じられないほど、ポジティブな言葉と雰囲気に満ち満ちていた。

最後に銀髪をツインテールにした侍女、コレットがおずおずと進み出てリリカに声をかける。

「本当に、ありがとうございました……！　あの、お、お姉様とお呼びしても良いでしょうか……？」

予想外のお願いに、リリカはしかし嬉しくなりにっこりとした。

「ええ、どうぞ！　そこまで頼っていただけて、私も嬉しいです。では皆様、そろそろ王妃様の下へお戻りくださいませ。夜の準備が待っていますよ」

リリカは皆に見送られながら、給仕室を出るべく扉に近づく。

「ありがとう！」

「リリカお姉様、またどこかでお会いできますか……？」

リリカはくるりと振り向くと、明るく笑った。

「困ったことがあれば、いつでも呼んでください。私はウィルジア様のお屋敷にいますので！」

そしてリリカは王宮を出て、裏手に繋《つな》いであった今やすっかり馴染《なじ》んでいる愛馬にまたがり王都を駆け抜ける。

「はーっ、皆様、楽しく働けるようになってよかったわ！」

暮れなずむ王都の街並みを馬で疾走する使用人の姿が見られたのは、この日が最後であったという。

　なおリリカがいなくなった後の王宮では、こんな会話がされていた。

「ウィルジア様って……確か四番目の王子様のお名前よね」

「変わり者で有名な」

「この間の夜会では様変わりしたって噂になっていたけれど……」

　王妃様の息子にしてアシュベル王国の四番目の王子ウィルジア様の評判は、王宮で働く侍女たちも耳にしている。

　歴史に関する本ばかりを読み、公務に一切出席しない謎の王子。王位継承権を放棄し、王都外に広がる森の中の屋敷に住んでいるという変わり者。

　リリカはそんな人物の住まう屋敷で働いているというのか。

　コレットがおずおずと手を挙げた。

「ウィルジア様は私の兄と同じ歴史編纂家をしているんですけど、最近は少し変わったと聞いています」

「変わった？」

　ミシュアの問いかけに、コレットははい、と頷いた。

「何でも、身なりを整えるようになって、図書館に泊まらず毎日家に帰るようになったと。それから……」

「それから？」

「最近はなんだか、本を読んでいる時以外も楽しそうだ、って」

8　再びのお屋敷生活

「それで、母が満足してくれたわけか」

「はい、おかげさまで」

「そうか……」

王妃様の侍女たちが役目をきっちり果たせるようになった今、リリカの王宮での役目は終わった。

エレーヌ王妃はウィルジアの屋敷に顔を出さなくなり、王宮で快適に生活している。

ウィルジアとリリカの下に、再びの平穏が訪れた。

「面倒な母でごめん」

「いいえ、素敵なお母様でいらっしゃいます」

「君はほんとにすごいな」

全くネガティブなことを言わないリリカにウィルジアは感心の眼差しを送る。天使か。天が与えたもうた使用人の鑑《かがみ》か。

リリカはニコニコしていた。笑顔が可愛《かわい》い。

　ウィルジアはボソリと呟く。

「母に取られなくて良かった……」

「私のご主人様はウィルジア様なので、ここを離れることはありませんよ？」

「あ、うん。ありがとう」

　ウィルジアはリリカの淹れてくれたコーヒーを飲みながら心底ホッとする。すると銀のトレーを持ってテーブル脇に立っていたリリカがこんなことを言い出した。

「私はウィルジア様に感謝しています」

「僕に？　なんで？」

「エレーヌ様専属侍女の皆様に、エレーヌ様に関する仔細をメモするよう助言したのですが、ウィルジア様が私に読み書きを教えてくださらなければ出てこないアイデアでした」

「あぁ……そういえばリリカは、文字を読めなかったね」

「はい。私はあの時、情報を文字に書き記す素晴らしさを知りました。書いておけば、忘れた時に読み返せる。いつでもどこでも思い出せる。みんなが同じ情報を共有できる。文字って素晴らしいですね！　侍女の皆様が教養のある方たちでしたので、スムーズにいきました。本当に感謝しています」

「そんなに喜んでもらえたなら、良かった」

　リリカはにっこり笑って小首を傾げた。

「私は、素敵なご主人様にお仕えできて幸せです」

可愛い。なんていい子なんだ。やばい動悸《どうき》がしてきた。

ウィルジアは自分の胸の内を支配する初めての感情に戸惑いつつ、目線を逸《そ》らしてしどろもどろに言った。

「……これからも君にそう言ってもらえるように、努力するよ」

具体的には、書斎で寝落ちしないようにするとか。

顔に熱が集まるのを感じて、ウィルジアは前髪を引っ張る。リリカの手により短く切られた前髪では、赤面した表情を隠すのは不可能だった。

リリカはそんなウィルジアをやっぱり笑顔で見つめながら、「今のままでもウィルジア様は十分に素敵です」と言って、ますますウィルジアを赤面させたのだった。

【第3章】　再びのお屋敷《やしき》生活

1　リリカの風邪

予兆はあった。

一日の業務が終わり、さあそろそろ寝ようかなという段階で、「あれ、ちょっと喉がイガイガするかも」と思った。

朝起きると、全身がだるく寒気がして、喉は焼け付くような痛みに変わっていた。唾を飲み込むだけでヒリヒリする。

しかしリリカはウィルジアの屋敷に唯一存在する使用人である。休んでしまうと業務に支障が出てしまい、主人であるウィルジアに迷惑がかかってしまう。

リリカは自分の体調不良に気がつかないふりをして、いつも通りの一日を始めた。

フラフラしながら照明に火を灯《とも》し、暖炉に火を入れ、朝食の用意をしてからウィルジアの寝室に向かった。

視界がぼーっと霞《かす》む中、ウィルジアの寝室の扉を前にして己の頬を両手で叩《たた》いて活を入れる。

使用人たるもの、体調管理も仕事のうち。主人に具合が悪いのを見抜かれるわけにいかない。

リリカはいつも通りの自分を完璧に装った。軽く咳払《せきばら》いをして喉の調子を整え、扉をノックする。

「失礼いたします、ウィルジア様」

扉を開けてベッドで眠るウィルジアに近づき、そっと声をかける。

「ウィルジア様、朝です。そろそろ起きてくださいませ」

「うーん」

相変わらず朝に弱いウィルジアが、ぼんやりしながら身を起こす。半分寝ぼけ眼《まなこ》でリリカを見つめる。リリカはいつもと全く変わらない自分を演じつつ、ウィルジアに言った。

「朝のお支度の手伝いをいたしますのでどうぞ」

「うん……あれ」

ウィルジアはベッドから下り、洗面所に向かおうとして、リリカを二度見した。

「いかがしましたか？」

ウィルジアはじーっとリリカを見つめ、唐突にリリカに近づいた。かつてない至近距離にリリカが一歩下がろうとしたが、ふらついて足がもつれる。あっと思う間も無く後ろに倒れそうになったが、ウィルジアが背中を支えた。そのままおでこに反対の掌《てのひら》を当てられ、リリカは目を瞑《つぶ》る。

「……………熱い。リリカ、熱があるね？」

「いえ、ちょっと朝からランニングをしたので、体が火照っているだけです」

咄嗟《とっさ》に嘘《うそ》をついてみたが、ウィルジアは胡乱《うろん》な顔でこちらを見ている。

「嘘をついたらダメだよ。今日は一日寝ていよう」

「いえ。大丈夫です」

「大丈夫なものか。ものすごい具合悪そうじゃないか」

「ですが、ウィルジア様のお支度が……」

「自分で出来るよ」

リリカは潤んだ瞳でウィルジアを見上げた。なんだか視界が霞んでいるし、ウィルジアの顔も天井もグルグル回って見えるのだが、それでもリリカは言い募った。

「大丈夫です、あの、全部終わってから休ませていただくので、とりあえず朝のご用意を」

「リリカ」

ウィルジアはいつになくかたい声を出した。いつも下がっている眉が、今は少し吊《つ》り上がっている。怒らせてしまったかな、と思った。自分が体調を崩したばかりにウィルジアの一日に支障が出ては大変だ。ここはどうにかいつも通りに仕事をこなさなければと考えていると、ウィルジアが言う。

「命令だ。今日は一日ベッドで大人しくしていること」

「はい……ふぇ」

「いいから、寝ててくれ」

ウィルジアは今度は眉尻を下げ、リリカに言い聞かせてくる。心配してくれているのがわかり、今度は申し訳ない気持ちになった。

「ふぇふが……」

「呂律《ろれつ》が回らなくなってきてるじゃないか。ほら、部屋に戻ろう」

リリカはとうとう抵抗する力が尽き、ウィルジアに背中を支えられ手を引かれるがまま大人しく自室に戻った。

「僕は水を持ってくるから、君は着替えて大人しくベッドに入ること。戻ってくるまでに言うことを聞いていなかったら怒るから、いいね」

「ふぁい……」

扉が閉まると、リリカは言われるがままに夜着に着替えてベッドに入った。

ウィルジアに体調不良がバレてしまったせいなのか、それともベッドに入って気が抜けたせいなのか、結構しんどいなぁと思う。

風邪を引いたのっていつぶりだろう。

ベッドに入っても視界がグルグルしていて、気持ちが悪い。目を閉じて何も見ないようにする。しばらくすると扉が開いて、ウィルジアが戻ってくるのがわかったので、薄目を開けた。水差しとコップと洗面器とタオルを持っている。

「水、飲むかい？」

こくりと頷《うなず》くと、水を注いだコップを差し出してくれた。上半身を少し起こしてからコップを受け取り、水を飲む。きんと冷えた水は少し柑橘類《かんきつるい》の味がして、痛む喉に心地よい。リリカのいつもより数倍動きが鈍い脳裏に疑問がよぎった。

「…………これ、私がウィルジア様のために用意したお水では……？」

「ちょうど厨房《ちゅうぼう》にあったから」

「ご主人様のものをいただくなんて……すみませぇん……」

情けなくなって謝ると、ウィルジアは視線を右往左往させて「気にしないでいいよ」と言ってくれた。

優しい。ご主人様、優しい。

リリカは己の主人の優しさに感謝しながらも再びベッドに横になる。

額にひんやりしたものが載せられた。

「確か、熱があるときはおでこを冷やすといいんだろう。子供の時に熱を出すと、必ずおでこを冷やされた」

「ウィルジア様……ありがとうございます」

まさかウィルジアに病人を看病する知識があるとは思わず、リリカは感動した。

ウィルジアはかがみ込んでリリカの顔を見つめてから、「おやすみ」と言った。

お言葉に甘えてそっと目を閉じる。

眠気は、すぐに訪れた。


熱があったせいで嫌な夢を見た。

両親がいなくなってしまった日のこと。

お墓の前で一人泣くリリカ。

お父さんお母さんと呼んでも、お墓の中の両親からは返事がない。

それでもリリカは父母を呼び続け、泣き続けるのだ。

記憶の通りならばそろそろおばあちゃんがやってきて、リリカを慰めてくれる。

泣くんじゃないよと言ってくれる。

しかし夢の中のリリカがどんなに泣いても、おばあちゃんは来てくれなかった。現実のリリカも涙を流す。

「おばあちゃん……」

リリカはポツリとおばあちゃんを呼んだ。

「おばあちゃん……」

みじろぎして寝返りを打つ。だらりとベッドから垂れた左手がひんやりした空気に触れた。

寂しいなぁとリリカは思った。ここには誰もいない。リリカを慰めてくれるおばあちゃんはいないのだ。夢の中のリリカは一人だった。

「リリカ」

誰かがリリカの名前を呼んでくれた。

「泣かないで。僕がここにいるから」

左手に誰かの手が重ねられた。あったかい。

頬を伝う涙も拭ってくれた。なんて優しい手つきなんだろう。声も手から伝わる温《ぬく》もりも、全てがリリカを安心させてくれて。

再び眠りについたリリカは、もう夢も見ずにぐっすりと眠ることが出来た。

どのくらい寝ていたのか。うっすらと目を開けると、天井がグルグルしなくなっていた。

「う……」

「あ、起きたかい？」

声がした方を向くと、そこにはベッド脇で椅子に座って足を組み、その上に本を載せて左手でページを捲《めく》りながら器用に読書をするウィルジアの姿があった。

「あれ、ウィルジア様」

「うん」

「どうして……お仕事は……」

「今日は行くのはやめにした」

「えっ、いいんですか」

「いいんだよ。具合の悪そうなリリカを放って行けないから」

なんということだろう。

具合が悪くて屋敷の仕事ができなかったばかりか、ご主人様の予定までも変えてしまうなんて。

完全に使用人失格だ。自分で自分が嫌になる。

リリカはさっと顔色を変え、謝罪しようとベッドから上体を起こした。

起こしたところで、自分の左手がウィルジアの右手と繋《つな》がっていることに気がついた。

「……っえぇぇぇ!?　な、なんで手を!?」

「あっ、これは違うんだ！　ごめん、君があまりに悲しそうにしていたから、安心させようとし

て。断じて下心はないよ！」

「いえ、あの、そういう意味ではなく！　あのっ、あのうっ」

ぱっと手を離したウィルジアに、リリカはふと思いあたった。

「あ、もしかして、嫌な夢を見ていた時に声をかけてくれたのは、ウィルジア様ですか？」

「あ、うん、たぶんそう」

「もしかして、ずっとおそばにいてくださったんですか？」

「うん。容体が急に変わったら困るから、とりあえずそばで見ていようかと……」

すると夢で「泣かないで」と言って手を握ってくれたのはウィルジアだったのか。あれからずっと、リリカの手を握ってそばにいてくれたのか。

リリカの胸に、感謝と感動と、あとは何かよくわからないあたたかな感情が流れ込んでくる。

「ウィルジア様」

「なんだろう」

「ありがとうございます」

「……うん」

ウィルジアはほっとしたような顔で、何度も「うん」と言ってくれた。

リリカが朝食に用意しておいたスープとパンを、リリカの部屋で一緒に食べる。

ウィルジアはスープの温め方を知らないので、ベッドから出て厨房に行ったリリカが用意したものである。

「ごめん、僕が何もできないばかりに、リリカを寝かせておくこともできない」

「いいんです。使用人の仕事ですので当然です。それより、ご迷惑をおかけしてすみません。ウィルジア様、お食事、取られてなかったんですよね……」

　つきっきりで看病してくれていたらしいウィルジアは、自分の食事を取っていなかった。そもそも用意の仕方がわからないので、当然だろう。

　自分の業務をこなせないどころか主人に看病させてしまった罪悪感がリリカの胸を苛《さいな》む。使用人失格だ。クビになってもおかしくない。

　しゅんとするリリカに、ウィルジアがスープを食べながらなんでもないように言った。

「一食くらい抜いたってなんてことないよ。そもそも図書館にいるとき、昼はいつも食べてないし」

「……え」

「夢中になると食べることを忘れるから、泊まり込みの時は一日一食食べるか食べないかの生活をしていたし」

「え……」

「だから気にしないでくれ」

　複雑な気持ちだった。スープから目を上げたリリカは、ウィルジアを見て、決意を口にした。

「ウィルジア様……私、今度からお昼のお弁当をお作りします」

「ええ」

「ちゃんと三食召し上がりましょう。お作りします」

そもそも気がつくべきだった。てっきり食堂ででも昼食を取っていると思い込んでいたのだが、違うらしい。ウィルジアのフォローはとてもありがたいが、別の心配が生まれてしまった。

ウィルジアはなんだか嬉《うれ》しそうな顔をした。

「ありがとう。でもとりあえず今は、体調を戻すことに集中すること。後のことはそれからだ」

「はぁい」

スープとパンを食べたリリカは洗い物をしようとウィルジアから食器を受け取ろうとしたが、素早い動きで逆にリリカの持っていた器を取り上げられてしまった。

「僕が洗うから、リリカは寝ていること」

リリカが何か言う前に立ち上がり、扉の方に歩いていく。ドアノブに手をかけ、出ていく前に振り向いた。緑色の瞳と目があった。

「……また戻ってくるから」

「はい」

リリカは頷いて、ぽふんと枕に頭を預ける。

目を閉じておとなしくしていると、またもや眠気に襲われた。

◆◇◆

リリカが風邪を引いたというのはウィルジアに結構な衝撃をもたらした。

朝起こしにきたリリカの顔を見ると、明らかに普通ではなかった。

本人は平静を装っているつもりなのだろうが、頬は上気していたし、瑠璃色の大きな瞳は薄い涙の膜を張って潤んでいる。息遣いは若干苦しそうだし、むしろ朝の仕事をこなしてここに立っているのが不思議なくらいだった。

僕のことなんて放っておいて寝ていてくれて構わないのに、職務に忠実なリリカはそうしなかったらしい。朝の支度を手伝うと言っていた。

ふらつくリリカを支えてなんとか部屋に連れ戻し、寝るように言いつける。

病人に必要なものは何だったっけと考え、とりあえず飲み物と、おでこを冷やすための水かなと、厨房に行った。

自分の屋敷であるが厨房に入ったのは初めてだ。

リリカの手により清潔に保たれている厨房には、ウィルジアのために用意したであろう水差しやパン、果物、鍋に入ったスープなどが存在していた。

リリカ何か食べるかなぁと少し悩み、今は眠ったほうがいいだろうと結論づけると、水差しとコップを持つ。

浴室に行って積んであったタオルを腕にかけ、洗面器に水を汲むと、リリカの部屋に戻った。おとなしく着替えてベッドに入っていたのでホッとする。

コップに水を入れて差し出すと、ウィルジアのために用意したものを飲んでしまったと言って謝られた。

「すみませぇん」と言われた時はやばかった。

熱で紅潮した頬とうるうるした瞳で上目遣いに見つめられ、いつもと違い舌っ足らずな喋《しゃべ》り方をし、使用人服ではなく夜着で髪を下ろした完全に無防備なリリカを見ていると変な気持ちになりそうで、思わず目を逸《そ》らした。相手は病人でめちゃめちゃ苦しんでいるのに、自分は一体何考えているんだと凄《すさ》まじい罪悪感に襲われた。

とりあえず横になった彼女のおでこに水で濡《ぬ》らして冷やしたタオルを載せる。

リリカは目を瞑るとすぐに眠ってしまった。が、熱が高いせいで寝苦しそうである。

顔色が悪いし、時々うなされているしで、そばで見ているしかないウィルジアは気が気ではなかった。

このまま容体が悪化したらどうしようか、医者を呼ぶべきなのだろうか、薬はどうしよう、寝ているんだからそっとしておいた方がいいのかと一人悶々《もんもん》と思い悩む。

もはや仕事どころではない。

ウィルジアの仕事は基本的に一人で書物に向き合うもののため、別に今日ウィルジアが行かなくても困る人なんていない。こんな具合が悪そうなリリカを一人置き去りにしてどこかに行くなんて、ウィルジアには到底できなかった。

そんな風にウィルジアがリリカのベッドのそばで右往左往していると、リリカが苦しげな声を漏らす。

よく聞くと、「お父さんお母さん」と言っている。閉じた瞳から涙を一筋流すと、今度は「おばあちゃん」と呟《つぶや》き始めた。

戸惑った。

いつも明るく元気でポジティブなリリカが弱っている姿は痛々しい。

寝返りを打ったはずみにベッドの脇にリリカの左手が投げ出される。相変わらずおばあちゃんとうわ言を繰り返す彼女に向かって声をかけた。

「リリカ」

リリカは反応しない。

「泣かないで。僕がここにいるから」

投げ出された左手を、そっと握る。

頬を伝う涙も拭った。

やがてリリカの寝息が穏やかになり、眠りが深くなったのがわかり安堵《あんど》する。

何もできないウィルジアなので、せめてそばにいようと思った。

寝顔を見ながら、そういえば彼女はこの屋敷に来るまで、どんな生活を送っていたんだろうかと疑問が湧き出てくる。

こんなにさまざまな能力を持っているならば、職場など選び放題だろう。

一体どうしてこんな自分の下へ来ることになったのだろうか。

リリカの部屋を見回してみてもヒントになりそうなものは何もない。

屋敷の隅の使用人用の部屋は狭い上に日当たりが悪くて薄暗く、必要最低限のものしか置かれていなかった。照明とベッドと小さなテーブルセットだけ。

とりあえず椅子を拝借してベッドサイドに移動させるとそこに座る。

いつもいつもリリカに世話になっているのに、自分はリリカについて何も知らないんだなとその時初めて気がつき、何だか無性にやるせなくなった。

結局リリカは丸一日眠っていた。

ウィルジアは途中、そーっと自分の書斎に戻ると本を一冊手に取って、再び全速力でリリカの部屋へと戻る。リリカはすやすや眠っていた。

だらっと垂れた左手が寒そうだったので、ベッドの中に戻してやったのだが、うめき声が漏れたのでまた握るとすぐに静かになった。

ウィルジアは右手はリリカの左手と繋いだままに足を組んで読書する。静かだった。

目が覚めたリリカは随分スッキリした顔をしており、呂律も戻っていた。

ずっと手を繋いでいたのに気づかれて声を出された時は慌てた。

下心はない。断じてない。絶対にない。

しかしリリカは別にウィルジアの下心を疑っていたわけではなく、つきっきりで側《そば》にいたことが嬉しかったらしい。

「ウィルジア様」

「なんだろう」

「ありがとうございます」

「……うん」

顔色が良くなったリリカを見て安心したウィルジアは、しきりに「うん」と言いながら首を縦に振った。

二人でリリカが今朝用意してくれたパンとスープを食べる。リリカがいないとスープの温め方すら知らないウィルジアである。リリカを厨房まで行かせなければならないことに申し訳ない気持ちになった。

「ごめん、僕が何もできないばかりに、リリカを寝かせておくこともできない」

「いいんです。使用人の仕事ですので当然です。それより、ご迷惑をおかけしてすみません。ウィルジア様、お食事、取られてなかったんですよね……」

しょんぼりするリリカにウィルジアは言った。

「一食くらい抜いたってなんてことないよ。そもそも図書館にいるとき、昼はいつも食べてないし」

「……え」

「夢中になると食べることを忘れるから、泊まり込みの時は一日一食食べるか食べないかの生活をしていたし」

「え……」

「だから気にしないでくれ」

心の底からの本音である。どうか気にしないで欲しい。だがリリカは何を思ったのか、こんなことを口にした。

「ウィルジア様……私、今度からお昼のお弁当をお作りします」

「えぇ」

「ちゃんと三食召し上がりましょう。お作りします」

リリカの決意は固そうだった。しまった、ただでさえ仕事が多いのにさらに負担をかけさせてしまう。と思いつつ、口元が緩んでしまった。

リリカが作ったお弁当を持って仕事に行くのは、何だか非常に楽しいことのように思えた。

だがしかし、とにかく今は体調優先だ。

「ありがとう。でもとりあえず今は、体調を戻すことに集中すること。後のことはそれからだ」

「はぁい」

リリカが空いた食器を回収しようとしたので、さっと遠ざけ、逆にリリカが持っていた器を取り上げる。いつもより動きが鈍いリリカから取り上げるのは簡単だった。

「僕が洗うから、リリカは寝ていること」

リリカが何か言う前に立ち上がり、扉の方に歩いていく。ドアノブに手をかけ、出ていく前に振り向いた。不安げに揺れる瑠璃色の瞳と目があった。

「……また戻ってくるから」

「はい」

格好つけて厨房に戻ったウィルジアであったが、皿の洗い方を知らず途方に暮れたのは内緒である。

2　少しずつ変化する日々

目が覚めた。体が軽い。昨日までの不調が嘘のように、全身が自由に動く。

リリカはベッドから跳ね起きて伸びをした。

「うーん、爽快！　健康って素晴らしいわ！」

結局リリカの体調がウィルジア様に非常に迷惑をかけてしまったから、今日からまた頑張らなければ。

昨日と一昨日はウィルジア様が戻るまでに二日を要してしまった。

まずはずっと寝ていたために寝汗ビッショリの体を清めるべく、リリカ以外誰も使わない使用人用の浴室で湯浴みをした。

それから使用人服に袖を通し、エプロンを締め、髪を整え化粧をする。

まだまだ時間はたっぷりあった。

今日の日中に市場に行くとして、とりあえず今ある食材で朝食を用意しなければ。

何が作れるかしらと考えながら厨房に行ったリリカは、扉を開けた先でウィルジアが包丁片手に自分の指を切ろうとしている場面に出くわし、脊髄反射でウィルジアの右手から包丁をもぎりとった。

「ウィルジア様っ、何をしていらっしゃるんですか！」

「何って、朝食を作ろうかと。もう体調はいいのかい？」

「はい、おかげさまで。大変ご迷惑をおかけして申し訳ありませんでした」

リリカはウィルジアから包丁を遠ざけると、きっちり九十度腰を折って謝罪をする。

「使用人たるもの体調管理も仕事の内だというのに、本当にすみません」

「いや、僕もリリカに色々と任せすぎていた。あれは過労だよ。荒れ果てた屋敷をきれいにするばかりか、面倒な母の相手までさせてしまって本当にすまない」

「ウィルジア様が謝ることなんて何もありません」

リリカは首を横に振りつつキッパリと言う。全てはリリカが悪いのである。自分の体調くらい自分で把握しておけという話だ。倒れる前に休むべきだった。主人に世話を焼かせる使用人など前代未聞だ。何のために存在しているのかわからなくなる。

「というわけですので、ウィルジア様。今日から通常業務に戻ります。朝食の用意は私がしますので、どうぞまだゆっくりしていてください」

しかしウィルジアはその場に立ったまま、じっとリリカを見つめていた。

「リリカ、僕は思ったんだ」

「何でしょうか」

「今回みたいなことがまた起こった時のためにも、僕も少しは家のことができるようになっておいた方がいいだろう。だからちょっと手伝わせてくれないかい」

「えっ、何をおっしゃるんですか」

ウィルジアは王家の血を引いている公爵である。公爵様ともあろう方が、使用人の仕事を手伝うなど、聞いたことがない。思いもよらない提案にリリカは慌てた。

「もう二度と風邪など引かないと誓いますので！　だから大丈夫です！」

「人間、風邪くらい引くものだよ」

「では人間やめますから！」

「一体何を言ってるんだ。まあ、君ほど完璧にはできないけど、せめて簡単な料理と皿洗いくらいはこなせるようになりたいなと」

「あの、本当にそれはちょっと……で、では、私のお給金を半分にしてくださって構わないので、もう一人使用人を雇うというのはいかがでしょうか」

いくら何でも王家の血を引く尊い方に、料理や皿洗いを教えるというのはあり得ない。しかしウィルジアは眉根を寄せていやそうな顔をした。

「僕は今の生活が気に入っているから、もう一人増やすくらいなら、僕がやるよ」

「…………」

迂闊《うかつ》だった。ウィルジアは人間嫌いで、必要最低限の人員以外側に置きたくないのだ。もう一人増やすなんてもってのほかだろう。

「というわけで手伝わせてくれ。何をすればいい？」

ウィルジアはテコでも動かない様子だった。

リリカはうーうー唸《うな》り、どうしようかと考え、そして結局折れた。

「……では、レタスをちぎってください……」

「わかった。レタスってこれ？」

「それはキャベツです」

ウィルジアはレタスとキャベツを見比べて、「似てるなぁ」と呟き、小さくちぎり出した。

隣で一緒に朝食を作るウィルジアは、楽しそうだった。

3　再会のリリカとおばあちゃん

リリカの体調がすっかり元に戻り、リリカの教えの下でウィルジアが一人でベーコンエッグを焼いて皿を洗えるようになった頃のことである。

ウィルジアが、こんなことを言った。

「リリカ、僕、今日と明日はちょっと図書館に泊まって明後日《あさって》の夕方まで帰ってこないから」

「左様ですか、かしこまりました」

「だからリリカも一度自分の家に帰っていいよ」

「かしこまり……えっ」

了承の旨を告げようとした口が疑問を発する。目の前のウィルジアは、自ら焼いたベーコンエッグを頬張りながら言葉を続ける。

「考えてみたらこの屋敷に来てから二ヵ月、君に休みらしい休みをあげてなかった。そりゃあ倒れもするよ。というわけで、自宅でゆっくりしておいで」

「あ、あの……」

唐突な休暇宣言にリリカが戸惑う。

ウィルジアははっと何かに気が付いたかのように顔を上げ、向かいで水差しを持って固まるリリカを見た。

「もしかして、家に帰りたくない？　実家だといじめられていて、居場所がなくて、それで仕方なく評判の悪い僕の屋敷で働くことにしたとか、そういう感じだったのだろうか」

「いえ、そんなことはございません」

リリカは首を横に振る。

「なら、いいんだけど。僕はリリカのことを何も知らないから。余計な気遣いだったら申し訳ない」

「いえ、そんなことありません。嬉しいです」

ウィルジアはベーコンエッグの載った皿とリリカの顔とに忙《せわ》しなく視線を行き来させ、迷いながら口を開く。

「この間、熱でうなされていた時……ご両親とおばあさんをしきりに呼んでいたから……」

聞かれていた。リリカの頬が羞恥心で赤くなった。

ウィルジアは熱の出たリリカの隣でずっと看病してくれていたので、当然と言えば当然なのだが、あれを聞かれていたというのは恥ずかしい。

ウィルジアはあのうなされていた時の理由を知りたそうに、リリカにチラチラ視線を送っている。

「私の両親は、五歳の時に死んでしまっていて、それからずっと近所に住んでいたおばあちゃんに育てられたんです。おばあちゃんは昔王宮で使用人をしていたらしく、私に仕事を教えてくれました」

「はい」

「リリカのお師匠様というのは、そのおばあさんのことだったんだね」

「おばあさんはまだ元気にしている？」

「はい。私がお屋敷に来る時には元気に見送ってくれました」

「そうか。なら、会っておいで」

「いいんですか？」

「いいに決まってるだろう。どうせ僕は明後日の夕方まで屋敷に帰ってこないわけだし、会いに行ってあげてくれ」

ウィルジアは優しく微笑《ほほえ》む。リリカはじいんと感動した。

ウィルジアはこの間リリカが風邪で倒れてから、少し変わった。

家事を覚えようとしたり、こうして休みをくれたりと、明らかにリリカのことを気遣ってくれている。

元からいい主人であったが、最近はさらに拍車がかかっている。

こんなにいい人の下で働けていいの？　私、幸せすぎじゃない？　とリリカは己の置かれている境遇に感謝した。

いいご主人様だなぁ、もっと頑張ってお仕えしないとなぁ、という思いを胸に、リリカは言った。

「ありがとうございます、ウィルジア様」

リリカは迅速に支度をした。

ウィルジアの二日分の服や下着や歯ブラシを詰め込んだ鞄《かばん》を用意し、馬車に積み込む。お弁当はバスケットを洗えないのでやめておいた。

馬車に乗り込むウィルジアを見上げて声をかける。

「いいですか、ウィルジア様。きちんとお食事を取ってくださいね」

「わかった。君もゆっくりしてくるんだよ」

「はい」

「じゃ、行ってくる」

「行ってらっしゃいませ」

去りゆく馬車を見送り、リリカは屋敷の中へと戻った。

自分の朝食を済ませ、掃除洗濯庭掃除など諸々を終わらせ、荷物を持つ。

屋敷の戸締まりをきっちりと確認してから、王宮との往復をする時に購入した馬にまたがり、王都に向かって駆けて行った。

リリカのおばあちゃんが住んでいる家は、王都の下町に存在していた。

石造りで三角屋根に煙突がついた小さな家だ。ぱかっぱかっと馬を走らせ近づくと、たった二ヵ月しか経《た》っていないのに懐かしい気持ちが胸に込み上げてくる。

煙突から煙が出ているのを見て、安心する。

よかった、元気で暮らしているみたい。

馬を降り、家に近づく。扉をノックしてからそーっと開けてみた。

「お、おばあちゃん……ただいま」

部屋の中には、隅のキッチンで食事の用意をしているおばあちゃんの姿があった。

二ヵ月前と変わらず白髪を後ろでまとめ、背筋を伸ばしてしゃんと立っている。少し驚いた顔で、扉の前で佇《たたず》むリリカを見た。

「あらまぁ、リリカじゃないか。どうしたんだい。クビになったかい」

「ううん。お休みをもらったの」

「そうかい」

おばあちゃんはにこりとしてくれた。

「ちょうどお昼にしようと思っていたんだよ。リリカもお食べ」

「うん、ありがとう」

おばあちゃん同様家の中も変わっておらず、懐かしい匂いがした。

おばあちゃんの焼いた白いふかふかパンを食べながら、リリカはこの二ヵ月間であった事を話す。

「主人のウィルジア様がとっても優しい人でね、私、この方にお仕えできてよかったなぁって思うの」

「そうかい、それはよかったね」

　おばあちゃんはニコニコしながらリリカの話に相槌《あいづち》をうってくれる。

　のんびりゆったりした時間だった。

「自分のお仕えするご主人様を敬うのは、使用人として当然の心得だからね、リリカがわしの言ったことをきちんと覚えていて、実行していてホッとしたよ」

「うん。おばあちゃんのおかげ」

　リリカもニコニコする。

　ふと、リリカは、こう口にしてみた。

「あのね、ヘレンおばあちゃん」

「なんだい」

「王妃様も元気そうだったよ」

「おや、お会いしたのかい」

「うん」

「そうかい、懐かしいねえ。不自由はしてなさそうだったかい？」

「うん。王宮の使用人の人たちが、しっかりお世話しているよ」

　リリカの言葉におばあちゃんは、やはりニコニコしながら言った。

「そうかい、それはよかった」

　おばあちゃんはそれだけ言うと、王妃様に関して深くは聞いて来なかった。

　その日はおばあちゃんの家のことを手伝った。

井戸から水を汲《く》んでお湯を沸かしたり、一緒に市場に行ったり、庭の草をむしったり。

「あーっ、リリカじゃん」

草むしりをしているリリカを見つけた近所の子供が指差して叫んだ。その一言を皮切りに、子供たちがわらわら近づいてきた。

「ほんとうだ、リリカだ」

「リリカ、どうしたの？」

「仕事クビになったの？」
五、六歳くらいの子供十人に囲まれたリリカは答える。
「違うよ、お休みをもらったから帰ってきたの。明後日にはまた戻るわ」

「えー、帰っちゃうのぉ」

「やだなぁ」

「ずっといてよぉ」

子供たちはブーブー文句を言い出した。リリカは笑ってたしなめる。

「ずっとはいられないけど、今日と明日はいっぱい遊ぼうね！」

「やったぁ！」

「わーい！」

ばんざいする子供たちと一緒にリリカは遊んだ。

ボール遊びや追いかけっこをし、虫取りをし、人形遊びをした。リリカが乗ってきた馬に興味を示す子もたくさんいた。馬はおばあちゃんの家の近くに繋がれていた。皆で草や野菜屑《くず》を馬に与え、ブラシで毛並みを整えたりした。

どんどん子供の数が増えていき、子供の親もやってきて、「あらぁリリカじゃないの」「久しぶりね」「元気にやってるかい？」などと声をかけられた。

夕方になると子供たちは自分の家へと帰っていく。

リリカは見送り、自分たちの夕食を作る。

夕食の席でリリカはこんな話をした。

「ねえおばあちゃん、私、ウィルジア様に読み書きを教わったの」

「ほう、なら、後で書いてみておくれ」

「うん」

食事の後に持参していた紙とインク壺《つぼ》と羽根ペンを出す。

蠟燭《ろうそく》の灯《あか》りの下で、文字を書いた。

ご主人様の名前『ウィルジア・ルクレール』、おばあちゃんの名前『ヘレン』、自分の名前『リリカ』。

おばあちゃんは感心した様子で見つめ、リリカの名前を指差した。

「リリカ、お前、自分の名字を知っているかい」

首を横に振ると、おばあちゃんは言葉を続ける。

「お前の名字は『アシュバートン』だよ」

「へぇ、知らなかった」

「わしがこの家に越してきた時、お前の両親が挨拶に来て名乗ってくれて。珍しいからねぇ、覚えていたんだよ」

名字を持つ平民というのは少ない。

大体が名前だけか、もしくは村の名前や地区名を名字として名乗る。なので例えば「ピット村のオリバー」ならばオリバー・ピットとなり、その村に住む住民の名字は全て「ピット」となるのだ。

「どこかの村の名前なのかなぁ」

「さてねぇ」

リリカの両親はもういないので、名字の由来に関しては知る由もない。

しかしリリカは語感が気に入り、『リリカ』の後ろに『・』を付けてから当て字で『アシュバートン』と書いてみた。

リリカ・アシュバートン。

「ウィルジア様なら知っているかな」

ウィルジアならば、この国の村の名前が書いてある地図なども見たことがあるかもしれない。いつか機会があれば聞いてみようと思い、リリカは名前を書いた紙をそっと鞄にしまった。

おばあちゃんの家には部屋が三つある。

キッチンつきのリビング。

おばあちゃんの部屋。

そしてリリカが使っていた、元物置部屋。

リリカが住むようになってからおばあちゃんがリリカの部屋として空けてくれた場所だ。

久々に自室に行ってみると、ピカピカで埃《ほこり》一つなかった。隅のベッドのシーツは洗濯してあるようでお日様の匂いがする。

「おばあちゃん、掃除してくれていたの?」

おばあちゃんはニコニコして頷いてくれた。

いつ帰ってくるかわからないのに。いつ帰ってきてもいいようにしてくれていたんだと思うと、嬉しい。

「おやすみおばあちゃん」

「おやすみリリカ」

リリカは久々に自分のベッドに潜り込む。

おばあちゃんは使用人としての仕事を教えてくれる時はいつも厳しかった。

けれど、それ以外の時はとても優しかった。

リリカはそんなおばあちゃんが大好きで、だからこそ両親がいなくなってからも前向きに明るく生きてこれたのだと感謝している。

ぽかぽかとあたたかく心地よい気持ちで目を閉じると、スゥと眠りにつけた。

あっという間に二日が過ぎ、リリカがウィルジアの屋敷に戻る日となった朝。

「じゃあ、おばあちゃん。行ってくるね」

「ああ、しっかりおやり」

朝を告げる鳥が鳴いている。

リリカは手を振り、おばあちゃんもそれに応えてくれた。

リリカは馬に跨《またが》ると、ウィルジアの屋敷に戻るべく、王都から馬を走らせる。

今日からまた、ウィルジアとの生活が待っている。

二日間会わなかっただけでなんだか寂しい気持ちになった。だからまた、ウィルジア様との生活が始まるんだなぁと思うと、リリカはとても嬉しかった。

4　部屋替え

リリカが二日間のお休みを経て屋敷に戻ってきてしばらくした日のこと。

仕事が休みであるウィルジアはいつもより遅くに起きて、ブランチを食べながら、リリカに言った。

「リリカの部屋を替えよう」

リリカは水差しから果実水を注ぎながら、瑠璃色の目をパチパチさせた。

「私の部屋……でございますか。何か不都合がございましたか？　あ、もっと一分一秒でも早くにご主人様の下に馳《は》せ参《さん》じて欲しいということでしょうか。気がつかなくて、申し訳ありません。今後はもっと全力で、素早くおそばに参ります」

「そうじゃなくて、あの部屋、日当たり悪過ぎだ。屋敷の一番隅にあるから薄暗いし寒いし狭いし、あんな部屋使わなくたっていいだろう」

「そうでしょうか。私はあの部屋で満足しておりますが」

「僕が気になる。なんで屋敷を綺麗《きれい》にしてくれている君が、一番ジメジメした北向きの暗くて狭苦しい部屋を使っているんだ。というわけでリリカの部屋を替えたい」

リリカの部屋に家具らしきものはほぼない。

私物もほぼない。

だから部屋を替えるのは非常に簡単だ。

問題はどの部屋を使うかという点である。

ウィルジアの屋敷の構造は割と単純だ。

一階は玄関ホールを入って屋敷の前面部分に食堂、サロン。奥まった部分に浴室。廊下を挟んで裏部分には厨房、洗濯室や使用人用の部屋がある。

二階は全て客間になっていて、三階にウィルジアの書斎と寝室がある。

「二階の南側の部屋はどうだろう？　あそこなら広いし日も当たるし、リリカが手入れした庭もよく見える」

「あのお部屋は一番いい客間ですので、使用人である私が使うべきではありません」

「この屋敷に客が泊まることなんてないんだから、リリカが使ったって構わないよ」

「もしかしたら王妃様がいらっしゃるかもしれないじゃないですか」

「泊まりで？　嫌だなぁ」

ウィルジアは非常に嫌そうな顔をした。

「ならその隣の部屋ならいいんじゃないか。広いからゆっくりできる」

「そちらは最も広い客間ですので、ウィルジア様の一番目のお兄様が五人のお子様を連れて泊まるのに最適なお部屋だと思い、毎日掃除をしております」

「あの兄が僕の屋敷に泊まりにくるなんて天地がひっくり返ってもありえないよ。というか、あの人、五人も子供がいたのか……」

ウィルジアは自分の兄が子沢山であると知り、若干衝撃を受けていた。

その後もウィルジアは、リリカに居心地の良い客間をあてがおうとし、リリカを大いに困らせた。

「ウィルジア様のお気持ちはとても嬉しいのですが、あの……私は使用人ですので……使用人が客間を使っていては屋敷を訪れるお客様も変に思うでしょうし……」

「ほとんど来ない客人を気遣うより、住んでいるリリカが快適に過ごせる方が重要だと僕は思う」

リリカの主人であるウィルジアは優しい。

だが主人の優しさに甘え過ぎてはいけない。

ウィルジアは主人であり、リリカは使用人だ。

この線引きが曖昧になってはいけないとリリカは己を戒める。

今だってウィルジアが自分の朝ごはんに卵料理を作ったり皿を洗ったりと微妙な状態なのだ。これ以上はダメである。

リリカは静かに首を横に振った。

「客間をいただいても、逆に落ち着きません」

リリカの頑《かたく》なな意志を感じ取ったウィルジアは、客間を使わせるのを諦めてくれた。

代わりに一階の洗濯に使っている部屋の隣の空き部屋をあてがってもらった。

ここならば屋敷の仕事もやりやすいし、南東なので日も当たるし、今の部屋よりも格段に条件がいい。

ウィルジアも「ここなら、まあ」と言ってくれる。

屋敷はどこもかしこも綺麗なので今すぐにでも使用できる状態にあり、よってリリカのクローゼットにかけてあった服数着とトランクひとつ持って移動するだけで終わってしまった。

「なぜ君は使用人服を五着も持っているのに、私服は一着しかないんだい」

「あまり私服が必要と感じなかったので」

「給金を渡しているんだから、もっと買えばいいのに。そういえばお金は何に使ってる？」

「半分はおばあちゃんに送っていて、残りは……エレーヌ様が好みそうな本を買ったり、一番目のお兄様のお子様が好みそうなおもちゃを買ったりしています」

「それ必要経費だから僕に請求して⁉」

「あとは、紙とインクと羽根ペンを買いました」

リリカがウィルジアに教わってできるようになった読み書き。主人に教わったというのはとても光栄なことであり、忘れないようにとリリカは文房具を一式購入したのだった。

ウィルジアは一瞬面食らった顔をしたが、「そうか」と口元を綻ばせた。

リリカは新しい部屋のクローゼットに服をかけ、トランクから一枚の紙を取り出してテーブルに広げ、飛ばされないよう重石《おもし》を置いた。

「それ、なんだい？」

「名前です」

リリカがおばあちゃんの家で書いた紙だ。ウィルジアに教わってから、リリカは文字を書くという行為がとても気に入っている。書くのも読むのもどちらも好きだ。おかげさまでエレーヌ様が好む本も購入できるし、非常に喜ばしい。

ウィルジアは名前を見つめ、リリカの名字を指でなぞった。

「これは『アーシュヴィルトン』？」

「『アシュバートン』らしいんですけど、綴《つづ》りがわからなくて……」

「なら、こうじゃないかな。ペンはある？」

リリカはトランクから、お給金で買った唯一の私物であるインク壺と羽根ペンを取り出してウィルジアに渡した。

ウィルジアはリリカの書いた文字の下に丁寧に字を書いていく。

細く流麗なウィルジアの筆跡が、リリカの名字を正しく綴る。

ウィルジアの字はとても綺麗だ。本屋で売っているどの本の文字よりも美しい形に生み出される。ウィルジアの手が自分の名字を綴ってくれたというのが、たまらなく嬉しかった。文字を教えてくれたときにウィルジアが書いてくれた一覧表とリリカの名前を書いた紙も、トランクに大切にしまってあった。

リリカはつい今しがた書かれた名字を見て、パッと顔を輝かせた。

「わぁ、すごい……ありがとうございます！　私の宝物にします！」

「そんなに喜んでもらえたなら、よかった」

「ウィルジア様は、どうして綴りを知っていらっしゃったんでしょうか？」

「どこかで見たことがあって。どこだったかな……割と最近のような気がするんだけど」

ウィルジアは首を傾《かし》げてリリカの名字をどこで見たか思い出そうとしていたが、数分考えても思い出せず頭をかきむしった。

「だめだ思い出せない。ちょっと図書館に行った時に調べてくる。いや、もしかしたら書斎にあるかも」

「あの、いいんです。綴りがわかっただけでも嬉しいので。きっとどこかの地名か、村の名前か何かです」

「そうだったっけなぁ」

額に人差し指を当てて苦悶《くもん》の顔をするウィルジアに、リリカはくすりと笑う。

「それより、部屋替えありがとうございます」

「うん。思ったより簡単に終わったね」

あっという間に部屋替えが済んだのを見て、ウィルジアがポツリとこぼした。

「今まで働いてくれた使用人たちには、申し訳ないことをしたな」

「？」

「全然気にかけていなかったから。君たちが屋敷のどの部屋でどう暮らしていたのか、僕には興味がなかったんだ。彼らだってきっと体調を崩していた時もあっただろうに、僕はそれに全く気づけなかった」

「ウィルジア様……」

「こんな主人の下での住み込みの仕事なんて、そりゃ、辞めたくもなるだろうね」

自嘲めいた笑いを浮かべたウィルジアは、リリカを見る。

「君には愛想を尽かされないよう、いい主人でいられるように頑張るよ」

「ウィルジア様は、もう今でもとっても素敵なご主人様です」

リリカが力を込めて言うと、ウィルジアは「ありがとう」と礼を言った。

【書き下ろし番外編2】 リリカとウィルジアのお料理教室

リリカとウィルジアは厨房《ちゅうぼう》にいた。調理台の上にはベーコンと卵が置かれている。

リリカが風邪を引いて倒れた日以来、ウィルジアの意識に変化があったらしい。簡単な料理を覚えたいと言うので、根負けしたリリカが教えることになったのだ。

「ウィルジア様、一番簡単なベーコンエッグから始めましょう。フライパンにベーコンを載せて、その上に卵を割って載せるだけなので、失敗が少ないです。卵は、調理台にぶつけてヒビを入れてから両手の親指で殻を左右に開きます。では、どうぞ」

「わかった」

ウィルジアは右手で卵を摑《つか》むと、大きく腕を振りかぶり、力一杯振り下ろして全力で卵を叩《たた》き割ろうとした。

「ウィルジア様、ストップ！」

リリカはウィルジアの腕を摑み待ったをかける。ウィルジアは困り顔でリリカを見た。

「ど、どうしたんだい」

「申し訳ありません、説明不足でした。卵は脆《もろ》いので、もっと優しくぶつけても割れます。こうして調理台に数回当てればいいんです」

リリカは置いてあった卵を手に取ると、こんこんと台に当てヒビを入れる。

「それから両手の親指を入れて、ヒビを左右に広げて割ります」

リリカはボウルに卵を割り入れる。透明な白身に覆われた、まんまるな黄身が見事に姿を現した。

「おぉ……すごいね」

「コンコン、グッ、パカッです。では、ウィルジア様もどうぞ」

リリカの声かけで、ウィルジアは再び卵を割ろうと努力した。

一個目。力が強すぎて調理台に卵を当てた瞬間に砕け散った。

二個目。ヒビに指を深く入れすぎてぐしゃっとなった。

三個目。ボウルの中に卵の殻と中身が混ざり合って入り込んだ。

四個、五個、六個と次々と失敗を繰り返し、十個目にしてようやく綺麗《きれい》に割ることに成功した。

「やっと出来た……」

「お見事です、ウィルジア様」

リリカは綺麗に割れた卵を見てパチパチと拍手をする。

「卵を割るってこんなに難しいんだね。随分卵を消費してしまったよ」

ウィルジアは卵の殻と中身が飛び散った厨房を見て、眉尻を下げた。

「リリカがいつも綺麗にしている厨房を汚してごめん……おまけにこんなに大量の卵まで……僕、完全に邪魔してるな」

「ウィルジア様、何事も初めからうまく行くことなんてありません。十個目で綺麗に割れたので、いいではありませんか」

リリカは厨房がひどい有様《ありさま》になることなど初めから予想していたので、特になんとも思っていなかった。それよりも十個目で成功したという事実を喜ぶべきだろう。

「では、お次はベーコンを切りましょう！」

リリカの指示によりウィルジアが厚手のベーコンに包丁を入れると、ベーコンがぐんにゃりと曲がる。

「ウィルジア様、包丁は無闇に押すのではなく切っ先から徐々に力を乗せて引くようにすると切りやすいですよ」

「うーん、こうかな」

「それだとウィルジア様のお指が切れてしまいます……！」

ウィルジアの包丁を持つ手つきはかなり危なっかしく、見ていて恐ろしい。力任せに切ろうとするのでベーコンがぐにゃぐにゃ曲がって不安定だし、断面がボロボロになっている。

リリカはとうとう我慢できなくなった。

「ウィルジア様、ちょっと失礼します！」

「わっ」

リリカは自分の左手をウィルジアがベーコンを握る左手に、右手をウィルジアが包丁を握る右手の上に添えた。

「いいですか、ウィルジア様。左手はベーコンを固定して、右手はこうして包丁を動かしてください」

リリカはウィルジアの手ごと包丁を動かした。するとあれほど不安定だったベーコンは動きを止めてしっかりとまな板の上に固定され、包丁はすんなりとベーコンを薄く均一な厚みで切っていく。

「いかがでしょうか。……ウィルジア様？」

「いや、うん。わかった。ありがとう。やってみるよ」

ウィルジアはやや赤くなった顔でしどろもどろに言いながら、リリカを見つめ、もう一度ベーコンに向き合った。リリカは少しウィルジアから離れ、再びウィルジアの包丁さばきを見守る。

ウィルジアは数回深呼吸して気持ちを落ち着けた後、リリカが教えた通りに包丁を動かした。

ややぎこちなさは残っているものの、最初より随分安定している。

若干斜めに切られたベーコンを前に、ウィルジアが渋い顔をした。

「リリカがやるように上手《うま》くいかない」

「最初よりも全然いいですよ！　少なくとも、指ではなくベーコンが切れていますから！　では早速このベーコンと先ほど割った卵を使ってベーコンエッグを作りましょう。フライパンにベーコン、卵を順番に入れてください。その間に私は火を入れます」

リリカはかがみ込んで火を熾《おこ》すと、ウィルジアのために場所を開ける。フライパンを持って移動してきたウィルジアがコンロの上にフライパンを載せてベーコンエッグが焼けるのを待った。

じゅうじゅうといういい音とともに焼けてゆくベーコンと卵。白身が白くなり、卵が半熟になったところで完成である。

「出来上がりですね！」

「うん、リリカのおかげだ。ありがとう」

「早速お召し上がりになりますか？」

「そうする」

と言った後、ウィルジアがはっとした顔をする。

「この、僕が大量に割った卵たちはどうしよう」

「ご安心ください、全て私が調理をいたします」

「九個も？」

「はい。九個くらい、あっという間にお料理してみせましょう」

リリカは卵から細かな殻を取り除き、卵液を二等分した。

「まずはパンケーキを焼きます！」

小麦粉や砂糖、卵、牛乳などを入れてぐるぐると混ぜ、バターを引いたフライパンで焼いていく。きつね色に焼けた見事に丸いパンケーキをリリカは皿の上にどんどん積み上げていった。

「次にオムレツです。これだけ卵がたくさんあれば、フワッフワの贅沢《ぜいたく》なオムレツが作れます！」

リリカは大量の卵を使って、オムレツを作る。たっぷりと空気を含ませてほぐした卵を、バターを引いて熱したフライパンに流し入れ、フライパンの取っ手を操り素早く折り畳んだ。

オムレツを作り上げ、お皿に載せると、周囲に生野菜のサラダを添えて完成だ。

「すごい、あっという間に卵が料理に変わった……！」

「では、ベーコンエッグを温め直して食堂へ参りましょうか」

「うん」

トレーに朝食を載せて食堂へ向かう。

自分で作ったベーコンエッグを食べたウィルジアにリリカは問いかけてみた。

「いかがでしょうか……?」

「リリカが作ったものの方が百倍美味《おい》しい、けど……」

「けど……?」

「……自分で作るっていうのも、いいね」

ウィルジアは照れ臭そうにはにかみながら言う。

「次は一発で卵を割れるように頑張るよ」

「徐々に上手くいくようになりますよ」

ベーコンエッグを食べる手を止めたウィルジアが、テーブル脇に控えているリリカを見上げて問いかけてくる。

「リリカも最初のうちは失敗してたのかい?」

「そりゃあもう、失敗だらけでした。転んで卵を割ってしまったり、焼きすぎてベーコンを真っ黒に焦がしてしまったり、逆にパンケーキが生焼けになってしまったりと散々でした」

「リリカが失敗するのを想像するのは難しいな」

「様々な経験を経て、ようやくご主人様にお出しできるお料理を作れるようになったのです」

「そうか。リリカでさえそうなんだから、僕みたいに不器用な人間はもっと頑張らないとダメだね。明日も作っていいかい？」

「はい。ウィルジア様が納得されるまで、私もお付き合いいたします」

「ありがとう」

ウィルジアは自分で作った人生初のベーコンエッグを、大切そうに食べていた。

なお、たくさん焼いたパンケーキの残りはリリカが自分の朝食としてとても美味しくいただいた。

そしてここから数回の特訓を経て、ウィルジアは一発で卵を綺麗に割れるようになり、一人でベーコンエッグを焼けるようになったのだった。

【書き下ろし番外編3】　リリカとウィルジアの羽根ペン選び

「ねえ、この間リリカが使っている羽根ペンを見て思ったんだけどさ。あれ結構な粗悪品だよね」

「えっ、そうでしたか？」

「うん。ペン先がボロボロだったし、すぐに潰れて使えなくなりそうだなと思った」

「左様ですか……」

リリカはウィルジアの指摘に若干ショックを受けた。初めてのお給金で買ったものがまさかの粗悪品であるなんて。きっと使用人服を着ているリリカを見て、店の人間がいい加減な扱いをしたに違いない。

しゅんとするリリカを見て、ウィルジアが慌ててフォローを入れてくれた。

「あ、まあ、そもそも羽根ペンっていうのは消耗品だし、何回か使えばダメになるものだから。そうだ、僕もそろそろ買い替えようと思っていたから、リリカも一緒に来るかい？」

「それは、私の分も選んでいただけるということでしょうか」

「そうだね。もしリリカが良ければの話だけど……」

段々と目線が下を向き、言葉が尻すぼみになっていくウィルジアの提案にリリカは目を輝かせた。

「嬉《うれ》しいです、光栄です！」

「本当に？　じゃ、明日にでも行こうか」

「はい！」

そして翌日。リリカはウィルジアと王都の街並みを二人で歩いていた。

ウィルジアの後ろを歩くリリカは、いつもと変わらない使用人服姿である。リリカが半歩後ろを歩いているのを見て、ウィルジアが立ち止まりリリカを振り返った。

「どうかなさいましたか？」

「いや……隣を歩いたらどうかなって」

「ご主人様の隣を歩くわけにはまいりません」

ウィルジアは微妙な顔をした。

「今日の買い物は私用だから、私服で隣を歩いてもよかったのに」

「ですが、私の私服は思いっきり平民用のワンピースなので、ウィルジア様の隣を歩くには変かと。使用人服で後ろを歩く方がしっくり来ますよ」

リリカがそう言うと、ウィルジアはうーんと唸《うな》った。

「何ならリリカのドレスでも買うかい？」

「ええっ？　必要がないかと……」

驚いたリリカであったが、ウィルジアは真面目な面持ちである。

「でも、あったら何かと役に立つんじゃないか？　ほら、リリカは私服が一着しかなかったし、もう一着くらいあってもいいんじゃないかな。あの店とかどうだろう」

ウィルジアが目についた店を指差すが、そこは明らかに高級な衣服を扱っている店である。リリカは首をブンブンと横に振った。

「必要になったら自分で服の一着や二着、作りますので！」

「そうかい？　まあ、リリカが自分で作った服の方がリリカに似合うかもしれないね」

リリカは実は自分に似合う服がどんななのかいまいちわかっておらず、作るならば断然人の服の方が作りやすいのだが、それは黙っておく。おばあちゃんと暮らしていた時も、「いついかなる時も使用人としての心を忘れないように」との言いつけを守って、誰に仕えているわけでもないのに使用人服で過ごしていたリリカにとって、他の服を着ること自体がそもそも落ち着かない。

「僕としては、後ろを歩かれるより、隣に並んで会話でもしたいなぁと」

そんなことを言う主人がいるのかとリリカは驚く。主人と横並びに歩こうものなら「無礼だ！」と言われるのが常識だと思い込んでいたのだが、どうもウィルジアはリリカが教え込まれていた貴族の主人像と大幅にずれているようだった。

読み書きを教えてくれた時や、除雪作業、風邪の看病の時、料理を覚えたいと言った時などなどを思い出し、そして今日の「隣を歩いてほしい」発言である。

しかし主人など千差万別だろうし、お仕えしているご主人様の心に添うことこそが使用人の務めだ。なので隣を歩いてほしいと言うならば、そうした方がいい。が、流石《さすが》に人目が多いこの場所で、使用人服姿のリリカが隣を歩く訳にはいかない。ウィルジアが良くても他の人の目に変に映るだろう。

髪を切り衣服を整えたウィルジアは、抜群の見目の良さで周囲の注目を集めているし、リリカが常識はずれな行動をする訳にはいかない。

「そうでしたか……気がつかず、すみません。今日は後ろで失礼いたします」

今度はそれなりのワンピースでも縫って用意しておこうと心に誓った。

リリカの心の内を知らないウィルジアは「うん」と言い、そのまま歩いて一軒の店の前で足を止めた。

「ここがウィルジア様がよく足を運ぶ文具店ですか？」

「そう」

見上げた文具店は、シックな外観でウィルジアが好みそうな作りだった。黒い看板に金文字で文具店の名前が書かれている。看板と同じ黒い扉をリリカがさっと開けてウィルジアを中へ通すと、続いてリリカも入店する。インクと紙の独特な香りで満たされた店内は静かで、外よりも一段階温度が低くひんやりとしている。

「羽根ペンは二階の奥の方」

慣れた様子で階段を上って二階へと誘導し、羽根ペンが所狭しと置かれている場所へとやって来た。

「この間リリカが使っていたのは、カラスの羽で作られたもののようだったけど、あれは繊細な線を引く時によく使われるものだね」

「そうだったんですか。予算を伝えて、お店の方に薦められるがままに買っていて……」

何せ羽根ペンなど選ぶのは初めてだったので、リリカは本当に言われるままに購入した。

「文字を書くならガチョウの羽根で作られたものがいいよ」

言いながらウィルジアが何本か見繕ってくれる。一緒に選ぶリリカの目に、ふと真っ白い羽のペンが留まった。フワッとした白い羽根は美しく、置いておくだけで飾りになりそうだ。リリカの視線に気がついたウィルジアが説明を入れてくれる。

「白鳥の羽根ペンだね」

「白鳥ですか」

「そう。これは特に色が白くて綺麗《きれい》に整ってる。気に入ったのかい？」

「はい」

リリカが頷《うなず》くと、ウィルジアはスッと羽根ペンを手に取った。

「じゃあ、これも買おう」

階下に下りたウィルジアが会計を済ませ、「はい」とリリカに羽根ペンが入った紙袋を手渡した。キョトンとするリリカを見て、ウィルジアは頬をかきながら言う。

「いつも色々と世話になってるから……あの、僕からの贈り物ということで」

「え……」

「あっ、僕からの贈り物なんて、嫌かな。ごめん」

妙なところでネガティブなウィルジアが慌てて羽根ペンを取り戻そうとしたので、リリカは胸元に抱き寄せ、力一杯言った。

「そんなことないです、嬉しすぎて、ちょっと信じられなくて……」

それから顔を綻ばせ、紙袋の中の羽根ペンを見つめた。真っ白い羽根はふんわりしており、柔らかく、くすぐったい。

「ご主人様からの贈り物、大切にしますっ」

「うん、そんなに喜んでもらえたなら、よかった」

ウィルジアはリリカの表情を見て、やっと気持ちが落ち着いたようだった。

用事が終わったので二人で街を歩く。

「本当ならついでに、気の利いた場所に連れて行ってあげられたら良かったんだけど、僕そういうのに疎くて……」

「お買い物ができただけで、私は満足です」

リリカはウィルジアの背中を見ながら答えた。本音である。

「そう？　どこかで食事を取っていけたらリリカの負担も減るかなとは思ったんだけどね……僕、外食したことないし、どこがいいのかわからないんだ」

前を歩くウィルジアが項垂《うなだ》れた。

「いいんです。先ほども申し上げましたが、使用人服姿の私がウィルジア様と一緒のテーブルでお食事をするわけにもいきませんし。お気持ちだけで十分です」

「ありがとう……リリカは優しいね」

「ウィルジア様の方が、お優しいですよ」

ウィルジアが後ろを向いて微笑《ほほえ》みかけて来たので、リリカも笑い返した。

「帰ろっか」

「はい、そうしましょう」

リリカとウィルジアが二人で過ごすならば屋敷《やしき》が落ち着く。

王都を後にした二人は、森の中にあるリリカが整えた居心地の良《い》いあの屋敷に向かって帰って行った。

あとがき

本作品をお手にとっていただきありがとうございます。

『万能メイドと公爵様の楽しい日々』は、書籍版の第1章「楽しいお屋敷《やしき》生活」にあたる約三万字を書いて投稿サイト「小説家になろう」に投稿したところ、あれよあれよという間にPVが伸び、ポイントがつき、日間、週間、月間ランキングを駆け上がったという経緯があります。毎秒すごい勢いで増え続けるブックマーク数と「続きが読みたい」という感想の数々を見た私は思いました。

「リリカは万能だから、読者様を連れてきてくれるんだなぁ」と。

そんなふうに思いながら急いで第2章を書いて投稿していたところ、講談社様より書籍化とコミカライズ化のお話をいただき、「リリカは万能だから、ネット上で読者様を集めるだけでなく、書籍化とコミカライズ化の話まで持ってくるのか……」と驚きました。リリカすごいな。ウィルジアだけじゃなくて作者までもびっくりさせてくれる。

イラストレーターのウラシマ様。本作品を素敵なイラストの数々で彩っていただき、ありがとうございます。最初に完成した表紙を見た時、そのあまりの美麗さに担当編集さんと二人で「え……めちゃくちゃ綺麗……すごいの来ましたね……!!」とびっくりしました。

二人が仲良さそうなのもさることながら、絨毯《じゅうたん》の描き込みどうなってるんだろうとか、光の当たり具合がすごく綺麗でウィルジアの上を鳥の影が飛んでる……とか、極め付きは手稿と思われる紙の一枚一枚に赤字で添削がされており、つまりこれってウィルジアがリリカの書いた文章を見てあげてるってことだよね⁉　と、本当に細かく世界観を表現していただきまして感謝しております。表紙に物語性を感じます。カラー口絵も、挿絵も表情豊かなキャラたちが見られて幸せです。私はこの作品で色々なびっくりを体験しているんですが、素敵なイラストもその一つです。尊すぎる……。

書籍化にあたってご尽力いただきました担当編集さん、色々と相談に乗っていただきましてありがとうございます。やかましい作者に丁寧にお付き合いくださりとても感謝しています。

出版にあたりご尽力いただいた講談社の皆様、関係者の皆様にも御礼申し上げます。皆様のお力添えによって、こうして無事に作品を世に送り出すことができました。

そしてこの本をお手に取ってくださった読者の皆様にも御礼申し上げます。

この作品は前述の通りコミカライズが決まっていますので、そちらも合わせて楽しんでいただければ嬉《うれ》しいです。連載開始を誰よりも楽しみにしているのはおそらく作者です。コミカライズ用のネーム等すでにいただいているんですが、もう本当にすごいんです……！　五歳リリカ可愛《かわい》い！　とか、情報量、すご……！　とか、作者のテンションはやばいくらいに上がっています。これも本作におけるびっくりの一つですね。

それでは、ぜひともまた2巻でお会いできますことを願っております。

２０２３年９月　佐倉　涼

Kラノベブックスf

万能《ばんのう》メイドと公爵様《こうしゃくさま》の楽《たの》しい日々《ひび》

佐倉《さくら》 涼《りょう》

2023年10月31日第1刷発行

発行者　森田浩章

発行所　株式会社 講談社
〒112-8001　東京都文京区音羽2-12-21

電　話　出版　(03)5395-3715
販売　(03)5395-3605
業務　(03)5395-3603

デザイン　KOMEWORKS

本文データ制作　講談社デジタル製作

印刷所　株式会社KPSプロダクツ

製本所　株式会社フォーネット社

KODANSHA

ISBN978-4-06-533918-3　N.D.C.913　243p　19cm
定価はカバーに表示してあります

ファンレター、
作品のご感想を
お待ちしています。

あて先
〒112-8001　東京都文京区音羽2-12-21
(株) 講談社　ライトノベル出版部 気付
「佐倉涼先生」係
「ウラシマ先生」係

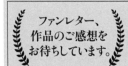